KB125407

평생 소망을
이루다

- 럭셔리한 지중해 크루즈 여행 -

차 례

평범한 사람의 평범한 이야기　　　　　　　　10

제1화
터키 이스탄불 1

럭셔리한 지중해 크루즈 여행　　　　　　　　12
2012년 10월 29일, 출발　　　　　　　　　　12
10월 30일 Istanbul, Turkey (1)　　　　　　14
　• 히퍼드롬 광장　　　　　　　　　　　　17
　• 블루 모스크　　　　　　　　　　　　　19
　• 이집션 바자르　　　　　　　　　　　　21
　• 하기아 소피아 박물관　　　　　　　　　22

제2화
터키 이스탄불 2

10월 31일 Istanbul, Turkey (2)　　　　　　26
　• 돌마바흐체 궁전　　　　　　　　　　　26
　• 파노라마 역사관　　　　　　　　　　　31
　• 골든 혼 베이　　　　　　　　　　　　　32
　• 갈라타 다리의 케밥　　　　　　　　　　32
　• 톱카프 궁전　　　　　　　　　　　　　33
　• 그랜드 바자르　　　　　　　　　　　　35
　• 위스퀴다르　　　　　　　　　　　　　36
터키 이스탄불의 잔영　　　　　　　　　　　38

제3화
오세아니아 마리나 호 승선

11월 1일 오세아니아의 마리나(Marina)호 승선   39
- 선박의 비상 훈련   41

11월 2일 선내 휴식   43

제4화
터키 페르가몬

11월 3일 Pergamon, Turkey   49
- 아스클레피온   50
- 아크로폴리스   55
- 트라이아누스 신전   55
- 페르가몬의 문화와 도서관과 양피지   59

터키 페르가몬의 잔영   61

제5화
터키 쿠사다시

11월 4일 Kusadasi, Turkey   62
- 아르테미스 신   67
- 오데온 소극장   68
- 바실리카 거리   69
- 갈리우스, 멤미우스 기념비   70
- 니케의 여신상   71
- 헤라클레스 문   72
- 트리야누스 샘   73
- 셀소스 도서관으로 이어지는 큐레테스 거리   74
- 하드리안 신전   75

- 오현제 · 76
- 수세식 공중화장실 · · · · · · · · · · · 77
- 셀수스 도서관 · · · · · · · · · · · · · · · 77
- 마제우스 문과 마트리다데 문 · · · · 80
- 대극장 · 83
- 2000년 전으로 돌아간 착각 · · · · · 85
- 에페소스 박물관 · · · · · · · · · · · · · · 86
- 에로스와 프시케 · · · · · · · · · · · · · · 88
터키 쿠사다시의 잔영 · · · · · · · · · · · · 91

제6화
그리스 로데스

11월 5일 Rhodes, Greece · · · · · · · · · · 92
- 기사단 성채 · · · · · · · · · · · · · · · · · 95
- 헬리오스 신의 아들 이야기 · · · · · 101
그리스 로데스의 잔영 · · · · · · · · · · · · 104

제7화
그리스 크레타섬

11월 6일 Creta, Greece · · · · · · · · · · · 105
- 크노소스 궁전 · · · · · · · · · · · · · · · 107
- 크레타 문명 · · · · · · · · · · · · · · · · · 107
- 미케네 문명 · · · · · · · · · · · · · · · · · 107
- 크노소스 궁전의 이야기 미노스 왕과 · · · 114
  미노타우로스의 미궁
- 그리스 영웅 테세우스의 신화적인 이야기 · · · 116
- 시골 탐방 · · · · · · · · · · · · · · · · · · · 121
- 니코스 카잔 차키스의 묘 · · · · · · · 124
그리스 크레타섬의 잔영 · · · · · · · · · · 126

제8화
그리스 아테네

11월 7일 Athene, Greece   127

- 그리스신화의 탄생   131
- 올림포스 신의 탄생   132
- 에럭티온 신전 앞에서   133
- [그리스신화] 올림포스 12신   133
- 고대 아고라 유적지   141
- 바람 신의 탑   142

제9화
그리스 아테네 2

11월 8일 Athene, Greece (2)   144

- 제우스 신전   148
- 하드리안의 문   149
- 시티 투어 버스   150
- 행, 불행한 오나시스의 이야기   150
- 사상 최대의 상속녀 오나시스의 딸,   153
  아티나 루셀 오나시스
  그리스 아테네의 잔영   155

제10화
에게해를 가로지르다

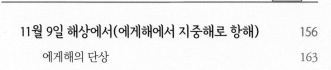

11월 9일 해상에서(에게해에서 지중해로 항해)   156
    에게해의 단상   163

제11화
이탈리아 소렌토 카프리섬

11월 10일 Sorrento, Italy   164
  • 절경 위에 세워진 건물들   175
카프리섬의 잔영   176

제12화
이탈리아 로마

11월 11일 Rome, Italy   177
  • 로마의 상징 콜로세움   181
  • 콘스탄티누스 개선문   184
  • 성 베드로 대성당   184
  • 로마신화의 탄생   191
이탈리아 로마의 잔영   192

제13화
이탈리아 피렌체

11월 12일 Firenze, Italy   193
  • 두오모 대성당   195
  • 조토의 종탑   198
  • 산 조반니 세례당   199
  • 단테의 집   201
  • 산타 크로체 성당   202
  • 시뇨리아 광장   207
  • 베키오 다리   209
  • 피렌체 박물관   210
피렌체의 잔영   214

제14화
이탈리아 루카&피사

11월 13일 Lucca&Pisa, Italy 215
- 산 마리노 성당 218
- 루카의 거룩한 얼굴 219
- 카레토 라리아의 무덤 221
- 피사 224
- 피사의 두오모 대성당 227
- 피사의 사탑 229

푸치니의 고향 루카의 잔영 233

제15화
프랑스 마르세유&프로방스

11월 14일 Marseille&Provence, France 234
- 성 소뵈르 성당 238
- 로통드 분수 243
- 폴 세잔 244
- 〈목욕하는 세 여인〉 244
- 화가의 아들 폴 245
- 마르세유 245
- 노트르담 성당 247
- 엑스마르세유대학교 252
- 아티스 로비 255

프랑스 프로방스 마르세유의 잔영 257

제16화
스페인 바르셀로나 1

11월 15일 Barcelona, Spain	258
• 람블라 델 마르	264
• 플라멩코	265

제17화
스페인 바르셀로나 2

11월 16일 Barcelona, Spain (2) 가우디 관광	267
• 안토니 가우디	268
• 성 가족 성당	270
• 예수의 고난	272
• 가우디의 시신이 안치된 지하	276
• 까사 바트요	279
• 문제의 발단	281

제18화
스페인 바르셀로나 3

11월 17일 Barcelona, Spain (3)	283
• 레스토랑, 콰트로 가츠	284
• 피카소가 그린 메뉴판	285
• 파블로 피카소 미술관	286
• 피카소의 일생	287
• 피카소의 여인들	291
• 피카소의 첫사랑, 페르낭드 올리비아	291
• 피카소의 두 번째 여인, 에바 구엘	292
• 피카소의 세 번째 여인, 올가 코클로바	293

- 피카소의 네 번째 여인, 마리테레즈 발터   295
- 피카소의 다섯 번째 여인, 도라 마르   296
- 피카소의 여섯 번째 여인, 프랑스와즈 질로   297
- 일곱 번째이자 마지막 연인, 자클린 로크   298
- 산타마리아 델 마르 성당   299
- 바르셀로나 대성당   301
- 구엘 공원   302
- 재래시장 보케리아   306
- 람블라스 거리와 콜럼버스 탑 그리고 벨 항구   308

제19화
스페인 바르셀로나 4

11월 17일 Barcelona, Spain (4)   310
- 스페인 광장, 몬주익 언덕 그리고 마법의 분수 쇼   310
스페인 바르셀로나의 잔영   319

제20화
귀국과 아쉬움

11월 19일 귀국   320

에필로그   334

평범한 사람의 평범한 이야기

"약상자에 없는 치료제가 여행이다. 여행은 모든 세대를 통하여 가장 잘 알려진 예방 약이자 치료제이며 동시에 회복이다."

다니엘 트레이크의 명언대로 여행은 즐거움이자 치유제다. 이젠 나이가 들어 주위를 정리하는 시간이 필요한 순간들이다.

나는 평범한 가정에서 태어나 평범한 인생을 살아온 소시민이다. 부산의 명문고등학교를 나와 서울대 졸업이라는 명문 코스를 밟고 싶었으나, 당시 경제 개발의 원동력으로 수출 산업의 활로를 찾는 시대상에 따라 빠른 코스를 택하여 특수 대학을 졸업하고, 일찍부터 세계를 누비며 산업 일꾼으로 우리나라 개발 시대의 일익을 담당하였고, 20년의 봉급생활과 10년의 창업 사업으로 일하다가 60대에 은퇴한 정말로 평범하게 살아온 인생이었다.

항상 남에게 피해를 주지 않고 진실한 삶을 사는 것을 목표로 삼아 살아온 날들이 후회스럽지 않은 인생이었으며, 삼 남매를 모두 미국의 뉴 아이비 대학에서 석사 이상으로 잘 키워 온, 부모로서도 후회 없는 삶이었다. 건강하고 여유롭고 힐링하는 생활은 100세 시대의 트랜드이므로 은퇴 후 큰 어려움 없이 노후를 보내다 취미인 여행을 좋아하여 버킷리스트를 찾아 여러 곳을 다녀오면서 그 현장들을 평범하게 기록하여 이렇게 책으로 남기게 되었다.

카르페 디엠(Carpe Diem), 오늘도 즐겁게

2022년 5월 진준북

평생 소망을
이루다

럭셔리 크루즈 여행기

제1화
터키 이스탄불 1

럭셔리한 지중해 크루즈 여행

이것이 바로 누구나 평생 한번 해 보고 싶은 소망이라고들 한다. 우린 작년에 이 계획을 실행하려다가 시기를 놓쳐 아쉬움이 컸지만, 드디어 이번에 이 여행이 이루어졌으니 들뜬 마음으로 이번 여행을 준비했다.

2012년 10월 29일, 출발

우린 지중해의 제일 호화스러운 크루즈선인 Oceania Cruises의 Marina호를 예약하고 2 Voyage인 이스탄불(Istanbul)-아테네(Athene) 7일, 아테네(Athene)-바르셀로나(Barcelona) 7일, 총 14일의 크루즈 여행과 이스탄불(Istanbul)에서 2박 3일, Barcelona에서 3박 4일의 일정 총 23일간의 일정으로 지중해 크루즈 여행을 위하여 10월 29일 인천공항으로 출발하였다.

점심을 기내식으로 해결하고 난
후 우리 집사람에게 급체가 왔다. 가
지고 간 비상약과 기내 상비약으로
최선을 다했으나 별 차도가 없었다.
승무원이 옆에서 계속 마사지를 하고
여러 가지 약을 먹어도 소용이 없었
다.

미리 약을 잘 준비는 했지만 앞으로 긴 여행에 건강이 좋지 않으면 큰 경비
를 들여 출발한 이번 여행이 걱정부터 앞선다. 다행히 5시간을 자고 이스탄
불 도착하니 완쾌되어 정말 다행이었다.

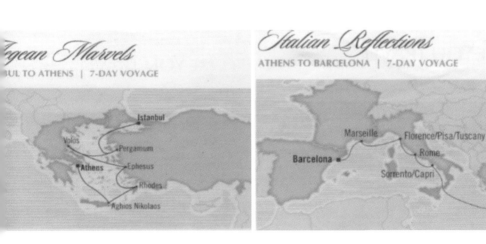

크루즈선 승선은 11월 1일 12:00이므로 형제의 나라 터키 이스탄불을 구경
하기 위하여 2일 전에 출발, 10월 29일 도착하여 30, 31일은 유로 자전거나라
의 지식 가이드 전용 차량 맞춤 투어를 예약하였기 때문에 우린 29일 오후 6시
경 이스탄불 Sirkeci Konak Hotel에 여장을 풀고 장기 여행의 출발을 선언했
다.

뒤에 안 일이지만 우리 큰 딸이 예약하여 준 호텔인데 작지만 아늑하고 고풍스러운 호텔이고 톱카프 궁전의 옛날 정원 경계선을 담하고 있는 호텔로서 소피아 궁전, 블루 모스크 등 유적지도 5분 정도 걸어서 볼 수 있는 거리이므로 정말 추천하고 싶은 호텔이며, 터키식 사우나도 갖춘 고급 호텔이었기에 출발부터 기분이 좋은 하루였다.

10월 30일 Istanbul, Turkey (1)

아침 눈을 뜨니 상쾌한 공기와 공원의 아름드리 나무 숲이 눈 앞에 펼쳐진다. 아침 조깅을 하고 싶지만, 장기간 여행 때문에 체력을 비축하기 위해 조깅을 포기하고 09시 호텔 로비에서 기다리니 한국 가이드 1명, 현지 가이드 1명, 승용차 1기사 총 3명이 우릴 만나러 왔다.

오늘은 오스만제국 시절에 건설된 역사적인 유적지를 중심으로 관람한단다. 첫 관람지는 지하 저수지(Yerebatan Saray)이다. 지하 궁전은 전쟁이 많은 지역이기에 식수에 독을 타는 적의 공격에 대비하기 위하여 건설된 지하 식수 저장고로써, 서기 532년 비잔틴 제국의 유스티니아누스 대제 시대에 건설된 유적지로, 4m 간격으로 박힌 336개의 코린도식 기둥이 있었지만 19세기 말 90개가 없어졌다고 한다.

1980년대 프랑스 고고학자가 발견할 때까지 아무도 이런 지하 저장고가 있는지 몰랐다고 하며, 각 기둥의 돌들은 근처 제우스 신전 등에서 가져온 돌을 기둥으로 만들었기에 기둥의 색들이 모두 일치하지 않았다.

지하 저장고에서 특히 주목해 보아야 할 것은 메두사(Medusa)의 머리이다.

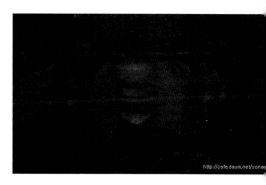

메두사는 그리스신화에 등장하는
고르곤의 세 자매로서, 금발 미인이
었으나 바다의 신 포세이돈과 아테나
신전에서 정을 통하였다 하여 벌을
받아 머리카락이 전부 뱀으로 변했으
며, 그녀를 보는 사람은 공포에 질려
모두 돌로 변했다는 전설이 있다.

후일 페르세우스 신에게 목을 베
이고 잘린 목이 저주의 대상물이 되
었다는 메두사의 머리가 이 지하 저
장고의 한 기둥 아래에 눌려 있는 이유가 무엇인지 궁금하기도 하였다.

19km나 떨어진 벨그라드(Belgrad) 숲에서 물을 끌어와 $70 \times 140 \times 9$(m) 크
기에 8만 톤의 물을 저장하고 항상 물고기를 길러 독극물의 살포 여부를 확
인하고 식수로 사용했다고 하니 정말 대단한 수조이므로 "지하 궁전"이라고
도 불린다.

하지만 이 지하 저장고에서 간혹
공연도 열린다고 하니 정말 시원하고
원음에 가까운 코러스가 일품일 것
같았다. 지하궁전의 시원함을 뒤로하
고 다음 코스인 블루 모스크와 하기
아 소피아 궁전이 있는 히퍼드롬 광
장을 구경했다.

· 히퍼드롬(Hippodrom) 광장

비잔틴 문화가 꽃피울 때 1만 명을 수용할 수 있는 검투장으로, 196년 로마의 황제 세비루스(Severus)가 만들었으나 이후 마차 경기장으로 바뀌었다. 경기뿐만 아니라 정치, 논쟁, 집회 또는 개선장군의 환영식 등이 열리던 곳으로, 화려한 영광의 시대를 반영하는 3개의 오벨리스크(Obelisk)가 존재하고 있어 이스탄불의 영향력이 거대하였음을 증명하는 것 같았다. 세로 500m 가로 117m의 거대한 경기장이었으며, 지금은 양옆의 관중석은 없어지고 유럽풍 건물이 들어서 있었다.

이 경기장에는 권력의 상징인 오벨리스크가 3개나 서 있는데, 태양을 숭배하는 상형문자 히에로글리프(Hieroglyph)가 새겨져 있고, 바닥돌에는 사람들의 문형이 새겨져 있으며, 높이 25.6m의 테오도시우스(Theodosius) 1세의 오벨리스크는 BC 15세기 이집트 투트모스 3세가 룩소스의 DeirBahri 신전에 세워진 것을 2천 년이 지난 뒤 서기 390년에 테오도시우스 황제가 이곳을 정복하고 전승 기념으로 이집트에서 옮겨 왔다니 정복자의 힘이 얼마나 막강하였는지 상상이 되는 것 같았다.

http://cafe.daum.net/sonar

기원전 5세기에 플라타이아이 전투의 승전을 기념하여 만들어진 것으로 콘스탄티누스 1세는 아폴론 신전에서 이를 가져오도록 명령하여 경마장의 중앙에 설치했다. 이 뱀 기둥의 정상부에는 3마리의 뱀 머리 위에 금 그릇이 있었다. 이 그릇은 제4차 십자군 중에 파괴 또는 약탈당했다고 한다.

콘스탄티노스 오벨리스크는 10세기의 황제 콘스탄티누스 7세가 술탄 아흐메트 광장에 세우게 했다. 원래는 도금된 청동판으로 덮여 있었지만, 제4차 십자군에 약탈 당했다고 한다.

오벨리스크는 4개의 면이 좁고 높게 올라가 피라미드 모양의 꼭대기를 지닌 전승 기념물이다. 태양신을 숭배하는 장식물로써 태양신 라 또는 호루스에게 바치는 구조물이다. 현존하는 최대 오벨리스크는 30m에 달하며, 이집트 파라오 카르나크 신전에 있다.

오벨리스크는 카이로, 파리, 부에노스아이레스, 에티오피아, 평양, 이스탄불 등에서도 발견할 수 있다.

· 블루 모스크
  (술탄 아흐멧 모스크)

술탄 아흐메트 1세 때 앞쪽의 성 소피아 성당보다 더 화려하게 이슬람의 자존심을 걸고 만든 사원으로, 1616년 건축가 메흐메트아에 의하여 완성했다.

종탑이 6개나 되고 대형 돔 하나에 중간 돔 4개를 이었으며 중간 돔 4개에 적은 돔 30개가 걸려 있어 외형적으로 아름다운 형태이며 여기에 6개의 종탑(미나레)이 있어 정말 완벽한 아름다움이다.

6개의 미나레에 얽힌 이야기는 술탄이 성 소피아 성당보다 아름답게 황금(Aftum)으로 지으라 명령하였지만, 재정의 어려움을 생각하여 황금(Aftum) 대신 여섯(Aftu)의 미나레를 만들었으나, 이슬람의 메카 사원과 미나레의 개수가 같았기에 오스만 민족이 메카에 종탑 1개를 더 만들어 주어 현재 메카의 종탑은 7개라고 한다. 미나레는 첨탑 혹은 종탑이라고 하는데, 예배 시간이 되면 뭉아진이 탑에 올라가 예배 시간을 알리는 아잔을 낭송한다. 요즈음은 확성기로

대신한다. 사원의 미나레의 숫자가 그 사원의 세력을 나타낸다고 한다.

내부는 수만 장의 타일로 장식한 사원이었으며 지금도 이슬람 예배가 열리는 모스크로써 시간이 되면 하루 5번의 예배가 이루어진다.

300개의 스테인드글라스의 색채는 아름다운 빛을 받아들이고 파란색의 타일은 사원의 숭고함을 더해 주기에 블루 모스크란 별명을 가지고 있다고 한다.

문양은 우상숭배를 거절하는 교리에 따라 마호메트의 영상이나 사람의 영상은 찾아볼 수 없고 이즈니크 타일로 종교적인 문양을 만들었기에 아름답고 차분한 느낌을 가질 수 있었다. 무슬림은 남녀의 구별이 명확하고 남자 위주로 사회가 돌아가지만 그래도 기도처에는 여성 전용 기도 공간을 만들어 주고 있으며 이젠 터번도 변화의 물결이 움직이고 있었다.

· 이집션 바자르

점심시간이 되어서 우리는 대기시킨 차를 타고 향료 시장으로 갔다. 이집트 상인들이 장사를 시작한 곳이라서 이집션 바자르라고 하지만 터키의 향료, 차, 견과류, 사탕, 과자류 등 식품 일색의 향료 시장이다.

특히 터키는 향료의 나라다. 인도와 같이 많은 향료가 생산되며, 모든 음식에 향료를 사용한다. 우리와 달리 모든 꽃도 그 용도에 따라 말려 향료와 터키 차로도 사용하고 약용으로도 사용하는 것 같았다.

무수히 많은 상점의 진열 상품들과 조명은 눈부실 정도이며 이곳의 관광객도 무수한 숫자다. 상점들의 지붕은 햇빛 가리개로 이어져 있어서 스콜이 와도 안심이다. 먼지도 없어 바로 먹을 수 있는 사탕류도 보기 좋게 무수히 진열되어 있다.

우선 그 상점 수와 진열량에 놀라웠고 또한 그 제품도 거의 비슷한 수준이라 놀랐다. 우린 2g에 약 60불 하는 치자류 향료 하나를 사고 점심을 먹으러 터키 식당을 찾았다.

터키 가이드가 추천해 주는 터키 식당에서 터키 고유의 음식 가지케밥과 고등어 절임 요리로 점심을 마쳤다. 이색적인 맛과 향기가 조금은 서툴지만 그래도 싫지는 않았다.

점심을 먹고 또 차를 타고 우리의 다음 일정인 하기아 소피아 사원으로 갔다.

· 하기아 소피아 박물관
(Hagia Sophia Museum)

성 소피아 사원에는 지옥의 문, 예절의 문, 황제의 문 총 3개의 문이 있다.
비잔틴 건축의 최고 걸작으로 꼽히며 세계문화유산으로도 등재된 소피아 박물관은 원래 서기 537년 유스티니아누스 1세의 명을 받아 연간 인원 1만 명이 투입되어 5년 10개월 만에 완성한 비잔틴 문화의 자존심으로 불가사의한 건축물이다.

기둥 하나도 없는 돔형 5층 높이의 건축물로, 당대의 수학자이자 건축가인 안테미우스와 이시도로스가 이루어 낸 기적이라고 한다.

1453년까지는 그리스 정교회 성당이자 콘스탄티노폴리스 세계 총대주교의 총본산이었으나, 그 후 오스만제국이 들어서면서 술탄 마호메트 1세는 위대하고 아름다운 이 사원을 허물지 않고 외각에 종탑 6개를 세우고, 내부 또한 그리스도교의 상징물들인 벽화들을 회벽으로 덧씌워 이슬람 사원으로 리모델링했다가, 1935년 초대 대통령 아타튀르크에 의해 박물관으로 사용하고 있다.

오스만 문화를 꽃피운 술탄 1세가 그리스도교의 문화유산을 파괴하지 않고 개조하여 그들의 사원으로 보존한 것으로 미루어 보아, 정말 위대한 통치자였음이 분명하다.

옴팔리온은 중앙 돔 바로 아래 5.6m의 사각형 형태로 된 비잔틴 특유의 다채로운 대리석 색깔로 원형 타일이 놓여 있는데 "이 위에 황금 옥좌가 있어 비잔틴의 황제들이 이 위에서 대관식을 치렀다."라는 기록이 있다. 중앙에는 왕위 즉위식이 있던 장소이며, 둘레에는 대신들이 서 있는 위치를 지정한 자리라고 추정하고 있다.

이곳에서도 2층에는 여왕 등 여성들 전용 기도처가 있었다. 우리 집사람도 이곳에서 이번 여행의 감사와 안전을 기원하고 가족들의 행복도 기원하였다고 한다. 중앙 벽면에 커다란 이슬람 아야 기도문들이 보이는데 그 뒤의 회벽에는 성화들이 그려져 있었다.

예수를 안고 있는 성모 마리아에게 유스티니아누스 대제는 하기아 소피아 성당을, 콘스탄티누스 대제는 콘스탄티노플을 봉헌하는 장면을 묘사한 성화는 외벽에 그려져 있다. 성 소피아 성당에서 비잔틴 문화의 화려함을 느꼈고, 그 문화의 중요성을 알고 훼손하지 않고 그 위에 회색 벽을 만들어 오스만 문화를 꽃피운 술탄 왕조의 거룩함도 함께 보았다.

땅거미가 질 무렵 우린 이스탄불의 야경을 구경하기 위하여 연인들의 필수 코스인 피에르 로티 언덕으로 올라갔다.

로티 언덕은 이스탄불에서 가장 높은 곳에 자리하여 야경이 아름다워 연인들의 아베크 코스로 많이 이용되고 케이블카도 설치되어 있어 관광객도 많이 찾는 곳으로, 우리도 터키 차를 마시며 하루의 피로를 달래며 터키의 야경을 만끽하였다.

이것으로 오늘의 일정을 마치고 호텔로 돌아와 만족한 관광을 음미하며 내일을 기대했다.

제2화
터키 이스탄불 2

오늘도 어김없이 09시 정각에 유로나라 가이드 1명, 현지 가이드 1명 그리고 기사와 자동차가 우릴 기다리고 있었다.

· 돌마바흐체 궁전
(Dolmabahce Saray)

오늘의 첫 코스는 돌마바흐체 궁전 관람이다. 오스만제국의 번성기인 18세기에 제31대 술탄, 압둘 마지드 황제가 프랑스의 베르사유 궁전을 모방하여 지은 유럽풍의 궁전이다. 오스만 문화의 걸작품이라고 한다.

압둘 마지드 황제는 세계에서 제일가는 궁전을 건축하기 위하여 왕실 건축가들을 총동원하였다. 그들은 오스만 양식을 배제한 순수 서유럽 양식인 바로크 양식과 로코코 양식을 혼합하여 1854년에 궁전을 완공하였으며, 특히 실내 장식은 프랑스의 디자이너들이 설계·시공하였다고 한다.

돌마바흐체 궁전은 내부 촬영이 금지되어 소개할 수 없지만, 영국 빅토리아 여왕에게 선물받은 750개의 전구로 장식된 샹들리에를 비롯하여 다른 나라에서 약탈해 온 보물들과 선물들, 터키 양탄자들로 화려하게 꾸며진 궁전이었다. 지하 1층, 지상 2층의 구조에는 방이 285개나 되고 홀도 43개이며 목욕탕도 증기탕까지 6개나 된다고 한다.

역대 술탄 왕족들이 사용한 궁전이며, 터키 건국의 아버지 케말 장군도 대통령 재임 시절 이곳을 자주 사용했으며, 이곳에서 1938년 서거할 때까지 집무실로 사용한 곳이다. 그를 기리기 위하여 이곳의 모든 시계는 그가 사망한 9시 5분을 가리키고 있었다.

특히 이곳은 바다를 메워 만든 궁전이라 바로 배를 타고 바다로 나갈 수 있을 뿐 아니라 정원이 아름다워 바다의 석양과 어우러진 광경은 환상적인 그림과 같았다.

아름다운 정원으로 되어 있었으나 관광객 »
때문에 연못을 만들고 축소된 사진

또 이 궁전의 특이점은 모든 장식품이 세트(Set)로 어우러져 있다는 것이 좀 특이하였다. 이곳은 내부 촬영이 금지된 곳이라 이렇게 포스트 카드에 나온 그림을 보며 기억을 더듬어 본다.

The Blue Hall이라 하여 대신 또는 왕족들과의 각료 회의 같은 회합 장소로 쓰였으며 바닥의 터키 카펫은 장인이 일생 내내 이것만 짜고 죽은 최고의 걸작품이며 소품들도 한 세트로 장식되었다.

빅토리아 여왕에게 선물 받은 샹들리에는 그냥 보기에도 화려하고 아름다울 뿐 아니라 무게만 해도 몇 톤이 되는 거대한 장식품이고 지금은 전구로 바꾸어 사용하고 있다고 한다.

2층으로 올라가는 계단도 화려한 서구풍의 형태로 아름다운 장식품 또는 약탈품으로 장식되어 있으며 이 층 앞부분은 공식 집무실의 방들로 짜여 있었고 뒷부분은 왕족들의 주거 공간으로 사용하고 있었으며, 제일 뒷부분은 하렘이라 하여 왕비 등 여자들의 전용 공간이 있었고 터키의 사우나 시설도 이곳에 설치되어 있었다.

터키 건국의 아버지라 추앙받는 케말 아타튀르크 터키 초대 대통령이 숨진 침대의 시계는 그가 사망한 시각인 9시 5분을 가리키고 있었다.

무스타파 케말 장군은 1818년 오스만이 지배하던 그리스의 데살로니카에서 태어나 재능이 뛰어나 완벽

하다는 뜻의 '케말'이라는 별명을 얻어 무스타파 케말로 불렸다. 군사 대학을 졸업하고 장교가 된 후 1915년에는 전투 지도자라는 뜻을 지닌 '파샤'라는 별명을 얻어 케말 파샤로 불리기도 했다.

제1차 세계대전이 연합군의 승리로 끝이 나자 오스만제국은 1919년 연합군에 의해 제국이 해체되려 하자 외국의 영토는 포기하더라도 자국의 고유 영토만은 지켜야겠다는 터키 독립 전쟁(Turkish War of Independence)을 결성하여 투쟁하였으나, 술탄 왕조는 연합국의 꼭두각시가 되어 버렸기에 무스타파 케말은 1922년 연합군과 대치하여 승리한 후, 1923년에는 술탄 제도가 폐지된 터키의 합법 정부로 인정받는 로잔조약을 체결하여 국민투표로 1923년 초대 대통령으로 취임하여 1938년 사망할 때까지 과거 이슬람 국가와 완전히 다른 서구화된 국가로 변신시킨 터키의 국부다.

터키의 모든 사람이 국부 무스타파 케말 아타튀르크를 존경하며 동상은 물론 공항과 구시가지의 주된 도로에도, 다리 이름에도 아타튀르크를 붙여 사용하고 있으며, 케말을 비난하는 사람이 있으면 지금도 큰 봉변을 당한다고 한다.

돌마바흐체 궁전을 뒤로하고 파노라마 역사관으로 이동하였다.

· 파노라마 역사관

우린 술탄 왕조의 번성했던 시대를 감상해 가며 파노라마 역사관을 찾아가 터키의 탄생 역사를 한눈에 볼 수 있는 그래픽 디자인을 보고 관광 대국의 면모를 다시 한번 느낄 수 있었다.

1453년 술탄 왕조가 이스탄불을 정복하고 지금의 터키를 만드는 역사적인 순간들을 지하 2층에서 지상 3층 정도의 돔 형태에 입체 영상을 음향과 함께 조사한 광경은 그야말로 스펙터클한 경험이었다.

이스탄불 역사관을 나와 대기하고 있는 자가용으로 갈라타(Galata) 다리로 갔다.

http://cafe.daum.net/sonamu-1

· 골든 혼 베이(Golden Horn Bay)

　금각만(Golden Horn)은 해협의 폭이 금관악기 호른(Horn)과 같이 좁고 석양에 지는 해가 금빛같이 비추는 모습이 아름다워 골든 혼이라 불린다고 하는데, 구시가지와 신시가지를 갈라 놓은 금각만을 잇는 다리로 466m 폭 25m의 크기로 1912년 다섯 번째로 지어진 다리라고 한다.

· 갈라타 다리의 케밥

　오늘 저녁은 이스탄불에서의 마지막 날이라 전망 좋고 최고급 레스토랑에 저녁을 예약해 놓은 상태라 점심은 현지식으로 간단하게 먹기 위하여 그 유명한 고등어케밥을 찾았다.

　갈라타 다리 위에는 많은 낚시꾼이 연신 고기를 낚아 올리는데 제법 큰 놈도 올라오는 모양이다. 고등어 새끼들이다. 우린 다리 아래로 내려가 관광 음식점이 즐비한 가운데 하나를 골라 고등어케밥을 시켜 먹었다.

　이스탄불을 여행한 사람들이 추천했던 고등어케밥은 우리에게 실망만 안겨주었다.

식사 후 우린 150년의 역사가 넘는 커피집을 찾아가서 오찬에서 느꼈던 실망감을 달래며 커피를 마셨다. Hafiz Mustafa라는 디저트 집이었는데, 향료 시장 근처에 있었다.

시간을 거슬러 올라가며 18세기 기사들이 거리를 활보하던 광경을 그리면서 달콤한 커피 향기에 취한 순간도 있었다.

오후 스케줄은 톱카프 궁전이다. 톱카프 궁전(Topkap Saray)을 관광하기 위하여 우리 호텔 근처까지 차를 몰고 갔다.

· 톱카프 궁전(Topkap Saray)

돌마바흐체 궁전이 완공되기 전까지 오스만제국이 약 400년간 궁전으로 사용하던 곳으로 무슬림 문화를 시대별로 볼 수 있는 곳이긴 하지만, 지금은 하렘 지역과 궁전 지역으로 나누어 궁전 지역은 거의 사라지고 현재는 1~4실까지 모두 이슬람 시대

에 보관하고 있던 보물과 유적들을 보관하고 있는 박물관으로 사용하고 있으며, 하렘 지역은 아직도 옛 모습을 그대로 간직하고 있는 것 같았다.

술탄의 후궁들이 사용하던 하렘은 흑인 환관이 경비하던 방을 통하여 들어가면 술탄의 어머니, 왕비들의 방과 무라드 3세의 방들이 연이어 있어 화려한 이슬람 문화를 볼 수 있었다. 특히 보석 전시실은 세계 최대의 에메랄드를 비롯하여 86캐럿의 다이아몬드 등 값진 보물들이 무수히 전시되어 있는데, 이 보석을 다 팔면 터키 인구 전부가 10년 동안 먹고살 수 있다니, 그 가치가 정말 어마어마하다는 것을 알 수 있었다.

특히 톱카프 궁전에서 제일 볼거리는 4대 신물(神物)이다. 요한의 칼, 모세의 지팡이, 요셉의 손뼈, 무하멧의 발자국을 가리켜 4대 신물이라고 하며, 이 4대 신물은 다른 유적들과 함께 전시되어 있는데, 이곳은 항상 30분 이상 기다려야 관람할 수 있다. 궁전으로서는 허물어진 궁전이라고 볼 수 있다. 이곳도 내부 촬영이 금지된 곳이라 많은 자료가 없다는 아쉬움이 있다.

http://cafe.daum.net/sonamu-1

· 그랜드 바자르(Grand Bazar)

우린 그 유명한 그랜드 바자르로 갔다. 300년 전부터 형성된 상가로 지금은 6천 개의 상점이 성업 중이며 없는 것이 없는 거대한 상가였으며 80% 이상은 관광객인 것 같았다.

우린 한 시간 반 동안 즐거운 쇼핑을 하고 나서 저녁노을이 물들 때 위스퀴다르라는 도시로 갔다.

보스플러스 해협을 건너면 마주 보이는 도시가 위스퀴다르라는 도시인데 위스퀴다르에 사는 처녀가 이 해협을 건너 이스탄불에 사는 총각을 그리워하다 죽은 슬픈 이야기가 노래로 전해지는데 6·25 동란 때 원정군으로 온 터키 병사들이 즐겨 부르던 '위스키달라'라는 터키 노래가 한때 우리나라에서 유행하기도 했다는 이야기를 듣고 해협을 건너 아시아 쪽인 위스퀴다르를 페리를 타고 구경하였다.

http://cafe.daum.net/son

· 위스퀴다르(Uskudar)

위스퀴다르 가는 길에 비가 내리네.
내 임이 잠에서 덜 깨어 눈이 감겼네.
내 임의 깃 달린 셔츠도 너무 잘 어울리네.
내 임을 위한 손수건에 사랑을 담았네.
우리 서로 사랑하는데 누가 막으리.

내 임의 외투 자락이 땅에 끌리네.
우리 서로 사랑하는데 누가 막으리.
어느새 내 임이 바로 옆에 있네.
내 임의 깃 달린 셔츠도 너무 잘 어울리네.

위스퀴다르에 가기 전에 등대가 하나 있는데 이 등대에도 또한 애달픈 사연이 있었다. 술탄 왕의 외동딸이 18세가 되면 죽는다는 점술가의 말을 믿고 안전한 인공 섬을 만들어 그곳에서 공주가 생활하도록 하였다고 한다. 18세가 되어 공주의 생일날에 왕은 축하 과일 한 바구니를 섬으로 보냈는데, 그 바구니 속에 독사가 들어 있어 공주가 독사에 물려 죽었다는 전설이 있는 등대도 구경했다. 관광하면서 그 나라의 역사를 알면 더욱 재미있는 관광이 되는 것 같았다.

땅거미가 진 위스퀴다르를 걷다가 페리를 타고 숙소로 돌아오니 7시가 넘었다. 2일간 정말 열심히 안내해 준 유로 자전거 나라 가이드에게 계약된 500유로를 지불하고 고마운 작별을 하였다. 2일간 자가용을 이용하

여 편리하면서도 안전하고 지식 가이드를 통한 관광치고는 너무나 값진 관광이었다. 한국에서의 계약금 20만 원과 500유로(약 70만 원) 합계 90만 원이라는 경비는 들었지만 아깝지 않은 관광이었다.

우린 샤워를 하고 저녁 식사를 예약해 놓은 식당으로 찾아갔다. 이스탄불에서 최고급 식당으로 전망과 요리가 최고의 수준인 Mikla Restaurant로 택시를 타고 갔다.

1인당 140유로였으나, 분위기와 전망 그리고 음식 정말 최고급 식당다웠다. 분위기가 너무 고급스러워 차마 카메라를 들고 사진을 찍을 수 없었다.
우린 11시가 다 되어 호텔로 돌아와 이스탄불에서의 여행을 마감하고 내일부터의 크루즈 여행을 준비했다.

140유로의 메뉴와 문어 사라다 요리

• Octopus
Sarose Octopus, Kohlrabi, Turmeric, Pickled Red Pepper
• İskenderun Prawn
Şeker Bean Paste, Green Olive, Rock Samphire, Beet Root, Cherry Vinegar, Hazelnut
• Beef Rib Steak(For Two)
Chard, mushroom, Sakız Artichoke, Potato, Reduced "Çalkarası" Wine
• Pumpkin
Saffron & Yoghurt Ice Cream, Sesame Paste, Antep "Birdshit" Pistachio, Hemp Seeds

터키 이스탄불의 잔영

천년의 세월 위에 숨 쉬는 콘스탄티노플
영혼으로 물든 세상을
신앙의 정신으로
영원히 지배하려 했던가
그래도 영원한 것은 없는 명상

사막의 먼지와 삶의 사투로 이어온
튀르크인의 소망은
소박한 보금자리를 찾아
투쟁과 투쟁의 거친 숨을 몰아쉬다 찾은 곳

이스탄불이라 개명하고
오스만튀르크의 술탄 시대가 열렸네
동과 서가 화합하는 이슬람의 요지로
이제는 600년을 넘게 이어온 안식처

술레이만의 지혜와 오스만의 세밀화는
새로운 희망과 목숨을 건 사랑이 있는 곳
우리가 찾던 유토피아
이곳이 바로 페르시안의 화원이네

아잔이 울려 퍼지는 미나레는
블루 모스크의 진실을 말해 주는
케말의 속삭임이 지금도 들리는 듯
이스탄불이여
영원하여라.

제3화

오세아니아 마리나 호 승선

11월 1일 오세아니아의 마리나(Marina)호 승선

아침 일찍 짐을 챙겨놓고 걸어서 호텔 앞의 공원을 산책하였다. 옛날에는 톱카프 궁전의 정원이었지만, 지금은 모두 개방하여 시민들의 휴식 공간으로 사용되기 때문에, 호텔에서 나와 여유로운 산책을 즐기다 12시가 다 되어 오세아니아(Oceania) 크루즈 마리나호에 승선하여 수속을 끝내

니 크루즈 여행이 시작되었다. 안내 책자를 미리 받아 보았기에 6만 5천 톤의 거대한 크루즈선이지만 10층에 있는 침실을 쉽게 찾을 수가 있었다.

http://cafe.daum.net/sonamu-1

침실까지 배달된 짐 가방을 챙기려 옷장을 여니 옷걸이 수가 40개는 넘는 것 같았다. 우리도 옷은 충분히 가지고 왔지만 이렇게 많은 옷걸이가 준비되어 있을 거라고는 미처 생각지도 못했다. 역시 크루즈는 파티의 연속이니까. 침실에는 웰컴 서비스로 샴페인 한 병이 얼음에 담겨 있었고

화장실의 화장품은 페레가모 세트로 준비되어 있었다. 정말 럭셔리한 분위기다.

대충 짐을 챙기고 나니 점심을 먹으라는 방송이 나온다. 우린 뷔페 음식이 차려진 테라스 기페(Terrace Cafe)에서 오찬을 즐기기로 했다. 테라스 카페는 선박 후미에 차려진 뷔페식당이다. 선박은 이스탄불 항에 정박해 있어 조용한 노천갑판에서 따사로운 햇살을 받으며 뷔페 음식을 먹는다는 것은 정말 운치 있는 즐거움이었다.

주위를 둘러보니 전부 미국 구라파(歐羅巴) 사람들이다. 아시아계나 한국 사람은 잘 보이지 않았다.

혹시라도 만나면 반가울 거라 기대하고 주위를 둘러보았으나 한국 사람은 우리 커플뿐이었다. 14일 내내 외롭긴 했지만 즐거웠다.

점심을 먹고 궁금증을 가지고 크루즈 안을 둘러보았다. 정말 럭셔리한 선박이다. 2011년도에 건조된 선박으로 깨끗할 뿐 아니라 일류 호텔 못지않은 시설이다. 승객 800명, 승조원 600명의 6만 5천 톤급 럭셔리 크루즈선이다.

12층에 있는 풀장과 센턴 장소 13
층의 조깅 데크, 14층의 커피전문점
등이 보인다. 12층 Wave Grill에서
본 성 소피아와 블루 모스크가 아름
답다.

둘이서만 찍고 다니니까 안타까웠
는지 같이 서라며 사진 한 장 찍어 주
는 미국인 노부부가 고맙기도 했다.

· 선박의 비상 훈련

선박을 다 둘러보고 침실에서 휴
식을 취하고 있는데 4시 정각 침실
에 있는 비상 재깃을 입고 전 승객더
러 모이라는 안내 방송이 계속되고,
4시 10분경에는 승조원의 안내를 받
은 모든 승객이 한 장소에 집결하였

고, 방송을 통하여 재난 시 대피 방법을 승조원의 지시에 따라 탈출로도 미리 구역별로 알려 주는 철저한 비상 훈련이 시작되었다.

타이태닉호가 침몰할 때와 같이 철저한 대피 훈련이 법으로 명기되었기 때문에 전 승객이 동참하여 승조원의 지시에 따라 약 30분간의 훈련을 받고서야 끝이 났다.

침실로 돌아와 6시 출항을 기다리고 있는데 5시경 또 방송이 나왔다. 그리스 볼로스가 여행 불가 지역이라 볼로스 기항이 취소되어 11월 2일은 이스탄불에 계속 정박한다니 내일 시내 관광을 원하는 승객은 시내 관광으로 대치하라는 전달이다.

승객들의 반응은 무반응이다. 크루즈 여행은 우리처럼 기항지마다 투어하는 것이 아니라 깨끗하고 환경이 좋은 곳에서 여유로운 시간과 맛있는 음식을 즐기며 담소를 나누는 것이 최상의 목적인 만큼 기항지가 바뀌었다고 해도 무반응이다.

우린 오늘 저녁은 Grand Dinning Room에서 저녁을 먹기로 하고 정장 차림으로 식당을 찾았다.

이 식당은 아무나 갈 수 없는 대중 식당으로 특수 계층의 승객들이 이용 할 수 있는 식당이다. 우린 오붓하게 이 식당에서 어려운 코스를 선택해 가며 와인 한 잔을 곁들여 즐거운 식사를 마쳤다. 이 식당을 크루즈 여행 중 단 한 번 찾아갔기에 사진이 한 장도 없어 조금은 아쉬웠다.

식사 후 각자 취미에 맞는 프로그램을 찾아 밤의 여유로운 시간을 보내고 있었지만 우린 공연장으로 가서 신나는 음악을 들으며 크루즈의 하루를 마무리했다.

11월 2일 선내 휴식

우린 이스탄불을 철저히 관광했기에 오늘은 온종일 선박에서 여유로운 시간을 보내기로 했다.

아침 일찍부터 선상에서 조깅을 시작한 후 아침 식사 후 태닝하는 곳으로 가서 누워 책도 좀 읽고 있는데 우리 집사람은 용기 좋게 수영을 하며 시간을 보냈고

오후 점심을 먹고 나서는 3시간 동안 이탈리아 요리 강습을 받고, 요리도 만들고, 강사와 사진도 찍으며 여유 있는 하루를 보내니 선박 내에서 시간을 보내는 것도 지겹지가 않고 보람 있는 하루가 되는 것 같았다.

우린 이렇게 선상에서 하루를 보냈지만 다른 승객들은 빙고 게임을 하거나 그림, 공부방, 댄스 교실 등에서 다양한 취미 활동을 하면서 하루를 보내는 것 같았다.

역시 저녁에는 즐거운 쇼 프로가 있어 밤새 즐거운 시간이 되었다. 브로드웨이 스타일의 댄싱팀은 물론 코미디언 마술사 그리고 악단들의 다양한 엔터테인먼트를 즐겼다.

내일부터 크루즈 여행이 계속되니까 크루즈 여행에 대하여 나름대로 경험담을 언급하고자 한다.

크루즈 여행은 Grade가 다양하여 5~7만 톤 정도에 승객수 천 명 이하의 크루즈선이 제일 럭셔리하고 만 톤 이하 개별 소그룹별 크루즈가 최고급인 크루즈도 있다. 보통 십만 톤이 넘고 승객이 2~3천 명이 타는 크루즈는 다양한 놀이시설과 대중적인 시설에 보편적인 크루즈라고 판단하면 될 것이다.

미주 사람들의 크루즈 여행 최대 목적은 편안한 잠자리와 맛있는 음식과 그리고 즐거운 놀거리와 대화로 보면 될 것이고 기항지 투어는 부수적인 목적인 데 반하여 우리 아시아인들은 크루즈의 목적을 투어에 두고 있으니 생각을 바꾸어야 할 것 같다.

우리도 기항지 투어 중심의 크루즈 여행을 계획하고 왔기에 구경도 잘 하고 바쁜 일정을 소화하느라 힘든 날도 많았지만 선박의 놀거리를 놓친 것이 아쉬웠다.

선사마다 음식의 질을 최대한 높이려고 서로 경쟁이며 선내에서는 알코올 도수가 높은 것을 제외하고는 무엇이든지 무료로 먹고 즐길 수 있으니 즐거운 시간과 잘 먹고 사람 사귀면서 담소하기에는 최고로 좋은 것 같았다.

그리고 침실의 예약은 신중해야 한다. 돈을 조금 아끼려다가 크루즈 여행 중 줄곧 후회하게 될 것이기 때문이다.

Casino

Grand Bar

우린 이번 여행에 최고급은 아니지만 베란다가 달린 침실 중에서도 최대한 Grade를 높여 Concierge Level을 예약했기에 아무런 불편도 없고, 식사도 고급스러운 장소에서 할 수 있는 영광도 누리고, 외국인과 합석도 하여 대화도 나누며 즐거운 디너 만찬을 여덟 번이나 가졌다.

한국의 관광 단체로 예약했다면 베란다가 없고 Window View 정도였다면 크루즈 여행 내내 기분 나쁜 선택이었다고 후회할 것이 분명했다. 특히 외국인들은 그렇게 신경 쓰지 않지만, 동양인들은 보이지 않는 차

Martinis

별 대우에는 민감한 성격이므로, 향후 크루즈 여행 시 약 1~2천 불이 더 들더라도 Room Grade는 조금 높여서 Booking 하는 지혜가 필요할 것이다.

오세아니아(Oceania)의 경우 Concierge Level은 7일 중 4회의 Dinner를 최고급 레스토랑에서 예약해서 먹을 수 있으며 단독 또는 4인/6인 합석을 요구하면 적당한 승객과 합석시켜 주기 때문에 사람도 사귀고 대화도 나누고 즐거운 시간도 나눌 수 있었다.

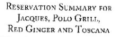

RESERVATION SUMMARY FOR
JACQUES, POLO GRILL,
RED GINGER AND TOSCANA

Name: MR JUN BU KWON
Stateroom: 10083
Voyage: MR121108

Port of Call	Restaurant	Date	Time	#	Sharing
Piraeus	Polo Grill	1-Nov	8:00PM	2	Yes
At Sea	Toscana	5-Nov	9:30PM	2	Yes
Sorrento	Red Ginger	10-Nov	6:00PM	2	Yes
Livorno	Chez Jacques	12-Nov	7:30PM	2	Yes
DIKILI	Toscana	3-Nov	8:00PM	2	Yes
KUSADASI	Polo Grill	4-Nov	8:00PM	2	Yes
RHODES	Chez Jacques	5-Nov	8:00PM	2	Yes
AGNIOS NIKO	Red Ginger	6-Nov	8:30PM	2	Yes

내일부터 본격적인 크루즈 여행이다. 충분히 휴식도 취하고 일찍 침실로 돌아오니 내일 신문이 배달되었다. 내일의 기항지 소개와 투어 종류, 오늘의 Event 등이 소개되어 있으므로 내일 일정을 계획하는 데 많은 참고가 되었다.

기항지 페르가몬에 대한 간단한 기초자료, 기항지의 일기예보, 기항지의 간단한 소개 및 입출항 시간표 등이 수록되어 있다. 아침 8시에 앵커링 하겠다고 한다.

관광을 마치고 돌아오면 6시부터 미국 컨트리 가수 Deana Carter가 1995년에 불러 히트한 〈Did I shave my legs for this?〉를 이곳 가수 Jaqui Lacroix가 공연할 계획이며, 9시 45분부터는 코미디언이자 기타리스트인 밥 포스치(Bob Posch)가 특별 공연을 한다고 최대 선전하고 있었다.

우린 깊은 잠에 빠져 편안한 밤을 보낸 것 같았다.

제4화
터키 페르가몬

아침에 자고 일어나니 선박이 부두 근처에 앵커링(Anchoring)을 하고 있다 우리가 자는 동안 203mile을 항해하여 터키의 Dikili항에 도착하였나 보다. 아침 식사를 시원한 야외 바다 위에서 먹고 기항지 투어를 위해 아침을 서둘렀다.

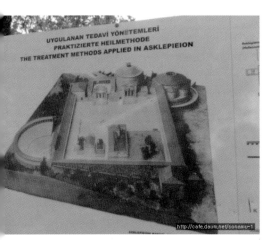

우린 DIK~002 Asclepion& Acropolis 코스를 택하여 관광버스를 타고 20조에 속하여 처음 들린 곳이 Dikili항에서 약 40km 떨어진 도시 페르가몬이다. 인근에는 아크로폴리스, 아스클레피온 등이 있는 유적지다.

· 아스클레피온(Asclepion)

우린 페르가몬의 아스클레피온에
도착했다. 아스클레피온은 로마의 신
화 중 병을 다스리는 신 아스클레피
누스의 이름을 따서 만든 종합병원
유적지이다. 종합병원은 산 아래 일
반 거주 지역에 만들어졌고

아스클레피온의 전체 모형도 진료
실, 신전, 예배실, 도서관, 통로, 약수
터, 지하 통로 등으로 구성되었다.
진료소를 지나 중앙 운동장을 통
과하는 우리 관광팀의 양옆에는 통로
기둥이 아직 남아 있다.

이 길을 성스러운 길을 비아 텍
타(Via Tecta) 길이라 하여 입구에서
150m나 되는 거리로써 이 길을 통하
여 들어올 때 성스러운 느낌을 받도
록 만들어졌다고 한다. 위 사진의 원
래 모습을 재현해 놓은 모습이며 하
드리안 황제(Hadrian, AD 117~138) 때
재건축하였다고 한다.

신전 멀리 산 위에 아크로폴리스 신전이 보이고 진료소와 신전 기도처가 있던 자리는 형태만 남아 있다.

원형 극장으로 약 1,000명을 수용할 수 있는 극장으로, 치료 목적으로 연극이나 시 낭독 등 문화 활동이 자주 열렸다고 한다.

청중석 정중앙의 등받이가 있는 좌석은 로열석으로 황제나 최고 권력자, 귀족들이 앉아서 구경하는 자리라고 해서 귀족이 된 기분으로 앉아보는 우리 집사람은 즐겁기만 하다.

진료소에서 원형 극장까지 이어지는 비아 텍타(Via Tecta) 길은 이제는 기둥만 남아 있어 옛날의 화려함을 아쉬워하는 것 같았다.

아스클레피오스의 1마리 뱀이 감긴 지팡이를 들고 나타나 모든 사람을 치료하고 영웅 대접을 받고 있었는데 주신인 제우스가 그가 모든 인간을 불멸의 존재로 만들까 두려운 나머지 벼락으로 그를 죽였다고 한다.

현대까지도 아스클레피오스의 뱀 지팡이가 의학의 상징으로 쓰고 있다.

알렉산더 대왕의 장수인 리시마추스(Lysimachus, BC 362~281)가 시리아 전투에서 죽자 그가 숨겨둔 재화로써, BC 282년에 필레타리로(Philetairos, BC 343~263)가 헬레니즘 문화에 깃든 페르가몬에 정착하여 알렉산드리아와 함께 학문, 문화의 중심지 페르가몬 왕조를 세웠고 아탈로스 1세(Attalos I, BC 269~197)는 로마와 손잡고 새롭게 떠오르는 지중해의 강자로 부상했다.

SANCTUARY OF ASKLEPIOS(Asklepieion)

　　기원전 133년 페르가몬의 마지막 왕 아탈로스 3세(Attalos III, BC 170~133)는 왕국을 로마에 넘긴다는 유언을 남기고 죽었다. 이로써 150년 동안의 화려했던 페르가몬 왕국 역사는 끝났다. 이후 로마에 헌납되면서 급격히 발전한 고대 도시국가로서 당시 로마 귀족들의 병을 고치기 위하여 이 종합병원도 재건축되어 사용했으며, 로마가 몰락한 뒤 페르가몬은 비잔틴 제국의(동로마 제국) 통치를 받다가 14세기 초 이슬람 국가인 오스만튀르크로 넘어갔고, 현재는 터키 이즈미르(Izmir)주 베르가마(Bergama)시에 속하고 있다.

　　지하 통로 위에 보이는 구멍으로 환자가 지나갈 때 천사의 노래가 위에서 들려오게 하여 신의 은총을 느끼게 하여 치료 효과를 얻었다고 하며 치료의 신 아스클레피우스의 이름을 붙인 아스클레피온의 입구 기둥에

는 뱀이 새겨져 있었다.

기원전 3세기부터 종합병원으로 지어졌고 로마 시대까지 이어진 종합 병원으로 치료법이 특별하여 이 병원에 입원하기만 하면 전부 나아서 돌아갔다고 하는데 그 유명한 히포크라테스도 이 병원에서 근무했다는 기록이 있으며, 중앙 운동장 한편에 약수터를 만들어 천연 약수를 음용하게 하여 치료 효과를 높였다고 한다.

이 독특한 치료법은 병원에 극장도 있고 운동장도 있고 지하 통로도 있어 약물로만 치료하는 게 아니라 지하 통로를 거닐면서 신의 목소리도 듣고, 아름다운 공연을 보면서 살아야겠다는 욕망도 일깨워 주고, 아스클레피온 신전으로 가서 소원도 빌고, 운동장에서 체력 단련도 하면서 종합적으로 치료하였기 때문에 완치율이 높은 것은 사실이었을 것 같았다.

· 아크로폴리스(Acropolis)

우린 오늘의 하이라이트인 아크로
폴리스로 향했다. 북서쪽 언덕에 자
리 잡은 아크로폴리스는 아크로(높은
곳) 폴리스(도시) 높은 곳에 있는 도시
국가란 이름으로, 페르가몬의 최전성
기에 만들어졌으며

400m 높이의 언덕 위에 지어
진 아크로폴리스는 에우메네스 2세
(Eumenēs II, BC 197~159) 때 건축되었
으며 아테나 신전, 메인 궁전, 제우스
신전, 3,000명을 수용할 수 있는 언
덕 위의 공연장, 20만 권이 넘는 장
서가 있었던 도서관 등의 건물이 지
어져 있었다고 한다.

· 트라이아누스 신전

메인 사원인 트라이아누스 사원은
트라이아누스 황제(AD 98~117)의 업
적을 기리기 위하여 지어졌으나, 많
은 유적이 베를린의 페르가몬 박물관
에 보관되어 있다고 한다. 당시에 페
르가몬 왕국과 로마 사이에 긴밀하고

끈끈했던 유대 관계를 보여 주는 건물인데, 이곳은 제우스 신을 숭배하는 신전으로 쓰였다.

언덕 위에 세워진 아크로폴리스는 사방의 적들로부터 방어의 효과뿐만 아니라 하늘, 즉 신과 가까이 있다는 것을 의식하고 산 정상에 신전을 짓고 생활했다고 한다. 아크로폴리스에는 트라이아누스 신전을 비롯하여 디오니소스, 아스클레피오스, 아테나 등 4대 신전이 있었으며

언덕 아래는 평민들의 집과 헤라 신전, 아데메테르 신전 등이 있었으며 그 유적들이 지금도 산재해 있었다.

페르가몬은 파피루스가 부족해지자 양이나 송아지 가죽을 벗겨 석회로 처리 표백 건조하여 글을 써서 책으로 만드는 양피지를 처음으로 제작·발명한 곳으로, 역사에서 보듯 이곳 도서관은 규모가 거대하여 알렉산드리아 도서관과 함께 2대 도서관이었다고 한다. 양피지(Parchment)는 희랍어로 페르가메네(Pergamene)라고 한다.

20만 권이 넘는 도서가 보관되었던 도서관 자리인데 로마 시대 안토니우스가 클레오파트라와 결혼하면서 선물로 이곳에 있던 모든 장서 20만 권 모두를 이집트 알렉산드리아 도서관으로 보냈다고 한다. 도서관이 있던 자리는 돌들의 흔적만이 남아 있었다.

가장 오래된 신전으로 기원전 4세기경에 지어졌으며 승리 여신인 아테나 신전은 폐허만 남아 있지만, 베를린 박물관에 재현되어 있으며 회랑 아래에는 '유메네스 왕으로부터 그에게 승리를 내려 준 아테나 여신에게'라는 비문이 새겨져 있고 신전 마당

에는 아우구스티누스 황제의 조각상이 세워져 있었다고 한다.

나무가 서 있는 자리는 제우스 대제단 신전 자리로 대제단(Big Altar)인데 BC 197~159년 에우메네스 2세가 BC 190년 갈라티아인(Galatians)과의 전쟁에서 승리한 것을 기념하기 위하여 대제단을 만들었으나, 1878년 독일의 카를 후만(Carl Humann)에 의하여 그 유적들을 대부분 베를린으로 옮기고 페르가몬 박물관을 만들어 보관·운영하고 있다.

19세기 말, 합법적인 발굴과 반출을 승인받아 독일로 가져와 알프레트 메셀과 호프만에 의해 설계되어 1930년대에 박물관으로 개장한 대제단(Big Altar)이다.

제우스 신전이 끝나는 지점에는 이젠 허물어진 급경사면의 원형 극장이 있었다. 80m의 3단으로 이루어진 좌석은 10,000명을 수용할 수 있는 규모이다.

저 아래가 평민들이 거주하던 곳이며 다른 산에서 옮겨온 물을 이곳 아크로폴리스에 공급하는 수로가 지금도 남아 있다(붉은 집).

우린 400m 높이의 아크로폴리스에서 케이블카를 타고 내려오면서 7부 능선에 넓은 길과 주거 공간을 만들어 사용한 흔적을 보고 아마 귀족들이 신전 가까이에 살지 않았나 하고 추리도 해 보았다.

· 페르가몬의 문화와 도서관과 양피지

에우메네스 2세(BC 197~156)는 고대 최대 규모의 도서관을 만든 사람이자 양피지와 제본술의 발명자이다. 책에 대해 광적인 애착을 가지고 있어 왕국 안의 모든 책을 뒤져 왕궁의 도서관으로 모아들였다. 그 효과는 금방 나타나서 도서관의 장서 수는 20만 권에 달해 당시 세계 최대 규모였다.

또한, 이집트가 파피루스의 무역을 중단하자 가죽을 석회 물에 2주 동안

담갔다가 틀에 팽팽하게 잡아 말리면 파피루스에 버금갈 정도로 얇은 가죽을 만들 수 있었다. 이렇게 해서 양피지가 발명되었고 코덱스(Codex, 똑같은 크기의 종이를 쌓아 끈이나 아교 등으로 붙인 뒤 겉표지를 씌우는 제본 방법), 즉 현대적인 의미의 '책' 제조 방법을 발명하였다.

이렇게 문화적인 가치가 많은 도시국가였지만 전쟁이 많은 지역에서는 삶 자체가 힘들기 때문에 철저한 방어와 신에 대한 의지로 살아온 역사도 길지 않았다는 현실에 아쉬움을 느끼며 오늘 하루의 관광을 마치고 5시경 크루즈선으로 돌아왔다.

오늘 저녁은 Toscana 식당에서 Dinner 예약이 있는 날이다. 저녁 식사를 하러 가기 전에 정장을 차려입고 시간이 남아 기념 촬영도 하였다.

오늘 저녁 식사의 파트너는 우리와 거의 같은 나이의 미국인이었으며, 역시 정장 차림에 멋을 부린 부부였다.

둘 다 직장을 가지고 있고 부인은 사회사업, 남편은 금융업을 하는 사람으로 우리나라의 정년퇴직과 미국의 일자리를 서로 비교하며 의견을 나누었으나 30%쯤 의사소통이 되었는지~~ 하여튼 즐거운 저녁 식사를 하고 야간 쇼를 즐기면서 소화도 시키고 피로도 풀은 후 잠자리에 들었다.

터키 페르가몬의 잔영

30대에 세상을 지배한 알렉산더 대왕
헬레니즘 문화를 꽃피우고 짧은 삶을 살았다네
높은 곳에 새로운 성지를 만들고
대왕의 숨결이 살아나는 페르가몬

성스러운 길 비아 텍타(Via Tecta)는
시들어 버린 심신을 위로하는
히포크라테스의 사색 길
아스클레피누스의 지팡이가 황홀하네
아크로폴리스의 신전들은
세월의 아픔을 간직하고
공허는 자취만 남아 있는데
양피지로 만든 무수한 책들은
크레오파트라의 품속으로 사라져 버렸네

제우스 신전의 대제단은
다시금 태어나는 아픈 상처를 가진 채
또 다른 곳에서
오늘도 숨 쉬고 있으니
아침 이슬이 알알이 맺히고 있네

두 천년이 넘는 그곳에도
물의 존재는 생명의 근원인지
물길을 만드는 작은 손들이
지금도 살아 숨 쉬는 것 같으오.

제5화

터키 쿠사다시

11월 4일 Kusadasi, Turkey

정확히 08시에 선박은 터키의 쿠사다시항에 입항하였다. 연간 300일의 태양을 가진 터키의 최고 휴양지 쿠사다시는 에페소스, 디디마, 에필에네, 미레토스 등의 유명한 유적지들이 있다. 풍부한 태양으로 터키인의 여름 별장으로 최고인기 지역이며 여름이면 관광객과 함께 활발한 상권이 형성되는 터키 최고의 도시이다.

또한 로마의 관습과 비잔틴 문화의 결합으로 태어난 터키 사우나의 원조로도 유명하다.

에페소스에서 9km 떨어져 있는 불불산(Bulbuldag)에 세워져 있는 성모 마리아의 집은 1878년 캐드린 수녀의 예언대로 성모 마리아께서 최후를 맞이한 집을 찾아 복원하였으며, 1967년 교황 바오로 6세, 1979년 교황 요한 바오로 2세, 2006년에는 교황 베네딕토 16세께서도 친히 다녀가신 성스러운 성지로

에게해가 보이는 먼 산 외딴 성지이지만, 매일 미사가 열리고 마리아의 죽음을 아쉬워하는 속세의 인간들로부터 보호받고 있었다. 이 먼 곳에도 한글 입간판이 서 있는 것을 보니 반갑고 대단하다는 느낌이 들었다.

마침 우리가 방문했을 때 미사가 열리고 있어 현지인은 물론 관광객까지도 한마음이 되어 조용한 미사가 진행되고 있었다.

성굴 내부에서 성모 마리아가 편안하게 영민한 모습을 보고 경건한 마음으로 기도를 드리고 밖으로 나와 기독교인은 아니지만, 초 한 자루에 불을 켜면서 우리의 존재를 인식하면서 신성함에 동참하였다.

아래로 내려오니 생명의 약수가 흐르고 있다 약수를 받아 한 잔을 마시며 평안을 기도하려는 모습은 동양인이나 서양인이나 똑같은 심정인 것 같았다.

우린 그다음 목적지 에페소스로 향했다. 기원전 1000년경에 아테네 코드롯 왕의 아들인 안드로 콜로스가 이오니아인을 데리고 와서 피온산에 정착하여 도시국가를 만들었으며, 기원전 560년경에는 리디아 왕 크로에소스가 아르테미스 신전을 지어 에페소스를 아르테미스 신에게 바치니, 에페소스는 종교적 성지가 되어 크게 발전하였다.

로마 제국 때 에페소스는 인구 20만이 넘는 대도시였으며 1세기경에는 기독교의 선교 활동 중심지로 크게 발전했으나 비잔틴 제국 시대에 들면서 쇠퇴하기 시작했다. 에페소스는 쿠사다시로부터 12km 떨어져 있으며 카이스터(Cayster)강 입구에 세워

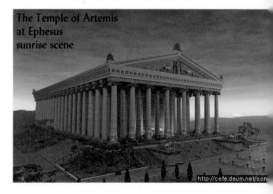

The Temple of Artemis at Ephesus sunrise scene

지면서 고대 동서양의 무역 중심지로 번창하던 도시이고, 아르테미스 신전은
세계 7대 불가사의 중의 하나이다.

성 Paul, 사도 John, 성 마리아상,
셀수스(Celsus) 도서관, 2만 5천명을
수용하는 대극장 등의 종교적인 고대
유물 등이 존재하므로 그 가치가 이
탈리아 폼페이보다도 더 값진 유적지
로 생각되었다. 현재 약 20%밖에 발
굴되지 않았으며, 지금도 발굴 작업
은 계속되고 있다.

아르테미스 신전은 기원전 560
년 약 120년에 걸쳐 아테네의 파르
테논 신전보다 크게 지어졌으며 높
이 20m, 폭이 60m, 길이가 120m,
지름 1.2m의 흰 대리석 기둥이 127
개나 되는 웅장한 신전으로 완공되
어 고대 7대 불가사의로 알려졌으며
7번 파괴되고, 7번 재건되었다고 한
다.

기원전 356년 10월 헤로트라투스라는 자가 "나쁜 짓을 하여 내 이름을 역사에 남기고 싶다."라고 하며 고의로 방화를 저질러 전소되자 알렉산도르 내왕이 재건을 지시하자, 에페소스의 여인들은 보석 등을 팔아 자금을 마련하였고 왕들도 기둥을 기증하여 파르테논 신전보다 더 아름다운 신전을 만들었다고 한다.

그러나 여러 차례 수난을 거친 신전은 결국 260~268년 고트인에 의하여 철저히 파괴되어 신전의 흔적조차 찾을 길 없었으나 1863년 영국의 고고학자 J.T. 와트에 의하여 발굴되었으나 중요 문화재는 계약에 의하여 대영 박물관에 보관 중이며 지금은 기둥 하나만 남아 있어 그 화려했던 신전의 아픈 역사를 말해 주는 것 같았다.

· 아르테미스 신

제우스 신과 레토 신 사이에 태어
난 딸인데 사냥의 여신이며 다산과
풍요의 여신이고 순결의 여신으로 아
폴론 신과는 형제간이며 시녀 칼리스
트가 처녀성을 잃고 아들을 낳자 곰
으로 변해 살게 하고 후일 아들이 곰
사냥을 할 때 아들이 어미를 사냥할

http://cafe.daum.net/sons

까 측은하게 생각하여 아들도 곰으로 변하게 하여 우주로 내보내 큰곰자리,
작은곰자리를 만들었으며

바다의 신 포세이돈의 아들 오리
온이 너무 난폭하여 그를 사랑하는
아르테미스가 처녀성을 잃을까 두려
워, 아폴론은 그와 함께 사냥을 즐기
다 물 위에 떠 있는 머리를 활로 쏘아
죽여 버렸는데, 그것이 오리온인 것
을 알고 의학의 신 아스클레피오스에
게 부탁했으나, 결국 살리지 못하여
그 시신을 우주로 보내 오리온자리를
만들었다는 신화가 있는 아르테미스

신은 유방이 여러 개 달린 형상으로 다산과 풍요의 신이다.

남문을 통하여 에페소스를 들어가
면 제일 먼저 공중목욕탕인 바리우스
목욕탕(Varius Bath)이 나타난다. 전형
적인 로마식 목욕탕으로 냉탕, 온탕,
열탕으로 나누어 AD 2세기경에 동
서양 무역의 중심지였기에 이곳 사람
들은 부자가 많아 육식을 많이 하여
체중 조절을 위해 사우나가 필수적이

었다고 하며 로마 전성기에 도시로 들어가는 통행자에게 반드시 목욕을 하고
들어가야 한다고 했다(?)

　2000년 전에 지금과 같은 토관을 지하에 묻어 배수로를 만들어 사용했으
며 그 잔재들이 아직도 주위에 흩어져 있었다.

· 오데온 소극장

　그곳을 조금 지나면 약 1,400명을
수용할 수 있는 오데온(Odeion)의 반
원형 소극장이 있고 이곳에서 귀족들
의 의회를 비롯하여 연극, 시 낭송 등
문화 활동을 개최하였다고 하며 또한
이 극장은 2세기경 이곳 귀족인 베리
우스 안토니우스와 그의 부인 플라비

아 파파아니에 의하여 세워졌으며 22개의 계단이 있으며 천장도 있었다고 한
다.

· 바실리카 거리

오데오 원형 극장 앞의 이 거리를 바실리카라 하며 오른쪽에는 시청사, 공회당 관공서, 때로는 궁전 의식의 장소로 사용되는 공공 건축물이 있었고, 반대편에 넓게 펼쳐진 광장은 아고라인데 정치적 종교적 회합을 열거나 새로운 사상과 철학을 접하는 토론 장소로 사용되었다.

로마 총통 관저 자리이며 디모테오가 순교한 장소라고 한다. 성 바울이 '리스트라 순례' 중에 만난 디모테오(17~80)는 3번째 전도 여행에서는 선구자로 바울을 수행하지만, 에페소스로 돌아와 주교로 임명되고 바울이 순교하자 에페소스에서 아르테미스 여신의 제사 시 그 여신은 우상에 불가하고 진정한 우리들의 신은 하느님뿐이라고 설득하자 성난 관중의 곤봉에 맞아 순교한 성인이다.

· 갈리우스, 멤미우스
(Memmius) 기념비

기원전 1세기 아우구스투스시기에 지어진 것으로 내부의 비문에는 "구세주는 카이우스(Caius)의 아들이요, 크르넬리우스 술라(Sulla)의 손자다."라고 기록되어 있었다. 로마 공화정 당시 과중한 세금을 못 이겨 폰토스의 왕인 미트라다테스 6세에게 에페소스를 헌납하니 그는 여기 살던 8만 명의 로마인을 하루아침에 학살하여 버렸다.

로마에서는 솔라를 보내 그를 정복하고 다시 로마의 속국으로 만드니 술라는 에페소스에 살던 로마인들이 영웅으로 받들게 되었으며 기원전 8년 술라의 승리를 기념하고 그 당시 숨진 로마인 8만 명의 영혼을 달래기 위하여 그의 손자 멤미우스가 만든 기념비이다.

http://cafe.daum.net/sonamu-1

　도미티아누스 신전과 폴리오 샘 옆에 보이는 건물이 폴리우스라는 귀족이 만든 폴리오 샘과 앞쪽 2층으로 지은 신전은 도미티아누스 황제에게 바쳐진 신전이다. 재위 기간 81~96년까지 로마의 황제로서 "내가 바로 주인이자 신이다."라고 말했고 남을 절대로 믿지 않았으며, 결국 기독교를 탄압하다가 왕후에게 죽임을 당한 불행한 황제였다.

· 니케의 여신상(나이키)

http://cafe.daum.net/son-

　오른손에는 종려나무 잎을, 왼손에는 월계수를 들고 독수리의 날개가 붙은 비상청 같은 옷을 입고 있는 승리의 여신 니케. 옷과 날개 때문에 날아다니며 승리를 안겨 주었다는 일명 나이키 여신상이다. 원래 이 여신상은 헤라클레스 기둥 위 아치형 천장에 있었던 것으로, 아직 복구가 되지 않았다고 한다.

· 헤라클레스 문

　길의 끝부분에 헤라클레스 상이
양쪽 기둥에 새겨져 있는 개선문이
헤라클레스 문이다 4세기경 돌기둥
으로 지어진 헤라클레스 문은 두 개
의 층으로 이루어진 개선문으로 6개
의 기둥 중 현재는 2개만이 남아 있
다.
　헤라클레스의 상징인 사자의 가죽
을 지닌 모습이 부조로 조각되어 있

는데, 크레테스 거리를 오르내리는 사람들은 모두 이곳에 잠시 멈추어 서서
헤라클레스의 개선문을 매만지며 슬픈 역사의 흔적과 숨결을 느껴 보기도 한
다.

　헤라클레스 문 양쪽에는 불교의
사천왕과 같은 의미의 조각상이 새겨
져 있으며, 꼬리는 헤라클레스의 어
깨에, 머리는 배에 대고 있는 사자의
모습이 헤라클레스 앞에서는 불쌍하
게 느껴지는데 이 사자가 바로 '네미
아의 사자'이며

헤라클레스가 이룬 12대 업 중에서 제일 먼저 불사신의 사자 네미아를 잡아 그 가죽을 걸치고 다니면서 용맹을 자랑했다고 한다. 헤라클레스 문은 셀소스 구역과 오데온 구역을 구분하는 위치에 있고 좌우 대칭이며 여기서부터 귀족들도 말에서 내려 걸어서 가야 하는 좁은 길이 이어진다.

· 트리야누스(Trianus) 샘

AD 102~104 사이에 건축되었으며 트리야누스 황제에게 바쳐졌다. 코린트식 기둥의 머리 장식만 남아 있는 입구의 높이는 원래 12m나 되었다고 한다.

당시에는 정면에 연못이 있었고 그곳에 세워진 트리야누스 황제 동상의 발끝에서 물이 흘러나오고 그 물을 먹을 때 자연히 황제의 발아래 머리를 숙이게 되어 있어 황제께 위엄을 갖추게 하였다.

· 셀소스 도서관으로 이어지는
큐레테스(Curetes) 거리

큐레테스는 반신반인의 인물이고
에페소스에서 큐레테스 하면 아르테
미스 신전의 승려를 지칭하는 말이
다. 승려들이 셀소스 도서관에 가기
위하여 이 길을 자주 걸었을 것으로
생각되어 이름이 붙여졌다고 생각되
는 길이다.

스콜라스티카 목욕탕 건물 주변에
무너진 잔해들이 가득하다. 4세기경
사업가 스콜라스키아(Scholasticia)라는
여성이 이 목욕탕을 증축하여 기증하
였으며 남녀 혼탕은 물론 때로는 여
자는 오전, 남자는 오후로 나누어 사
용한 기록도 있다고 한다.

터키 사우나의 모태가 된 하만처
럼 요일에 따라 남녀를 구분하여 사
용하였다 하니 터키 사우나의 원조가
여기인 것이 틀림없는 듯하였다.

· 하드리안(Hadrian, Hadrianus)
  신전

　서기 138년 에페소스 시민들에 의
하여 지어진 하드리아누스 신전은 도
미티안 신전 이후 두 번째로 로마의
황제 하드리아누스에게 바쳐진 신전
이다.

　히드리아누스 황제는 AD 128년
에 에페수스를 방문하였는데 로마 5
현제 중 하나로 추앙받았고 내정에
치중하여 태평성대를 누리도록 노력
한 황제였기에 에페소스 시민들의 존
경을 받아 이 신전을 지어 바쳤을 것
으로 생각된다. 현관에는 4개의 기둥
이 있는데 입구의 아치 기둥에는 운
명의 여신인 티케(Tyche)의 머리가 조
각되어 있고 그 뒤 현관 중앙 아치에
는 메두사의 모습이 나뭇잎과 함께
있으며

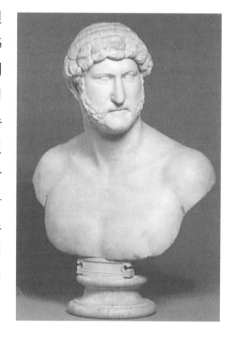

그 아래에는 아테나 신, 셀레나 신, 아폴론 신, 아르테미스 신, 에페소스의 창조자 안드로클로스, 기독교를 국교로 삼은 테오도시우스 황제의 아버지, 테오도시우스 황제, 테오도시우스의 아내와 아들이 차례로 부각되어 있었다. 또한, 신전 전면의 4개의 기둥 중 2개의 기둥을 잇는 아치는

에페수스 유적지 중에서 가장 아름답다고 한다.

· 오현제(Five Good Emperors)

로마 제국의 최고 융성기를 주재했던 다섯 황제를 말하며 네르바(재위 96~98), 트라야누스(재위 98~117), 하드리아누스(재위 117~138), 안토니누스 피우스(재위 138~161), 마르쿠스 아우렐리우스(재위 161~180) 이상 5명의 황제가 재위했던 때가 황금기였다. 신전과 아고라, 귀족의 저택이 있던 자리였지만 지금은 폐허만 남아 있다.

· 수세식 공중화장실

대리석으로 된 좌석 아랫부분은 물이 흘러 자연 배수로가 되도록 만들었으며 칸막이는 없이 3면에 약 50개의 좌석이 있고, 중앙에는 분수 정원을 만들어 연주하게 하였고 대리석 좌석이 차가울 때는 노예가 먼저 앉아 주인을 위해 자리를 데워 주었다 한다.

유료 화장실로, 수세식용 물이 들어오는 곳이 흘러나가는 곳보다 비싼 가격이라고 한다. 특히 로마인들의 옷은 토가(Toga)라고 하여 치마 비슷한 만도를 입었기 때문에 화장실에서 가릴 수 있어 편리했을 것 같았다.

· 셀수스(Celsus) 도서관

크레데스 거리의 끝자락에 셀수스(Celsus) 도서관이 있는데 서기 135년 이곳의 로마 집정관이었던 셀수스 플레마이아누스의 무덤 위에 아들 율리우스 아퀼라(Julius Aquila)가 아버지의 통치를 기념하기 위하여 만들어졌으며 에페소스 유적들 가운데 드물게 2층 전면 구조가 거의 원형 그대로 아름답게 남아 있었다.

이 도서관은 고대 세계 3대 도서관 중 하나로 12,000여 권의 두루마리 장서를 보관 중이었으나 화재로 도서관이 폐허로 되고, 10세기경에 지진 등으로 많이 훼손되었으나 1970년대 오스트리아에 의해 복원 작업을 했으며

1층 전면으로 8개의 기둥이 있고 도서관 입구 벽면에는 4개의 여신 조각상이 있는데 각각 지혜, 사색, 학문 및 미덕을 의미한다고 하며 이곳에 있는 조각상들은 복제품이며 진품은 빈(Vienna) 박물관에 보관되어 있다고 한다.

"여자에게는 평생 이틀만 즐거움을 준다. 그 가운데 하루는 결혼하는 날이고 또 다른 하루는 그녀를 묻는 날이다."라고 패러디로 유명한 패러디의 원조 철학자 히포닉스도 이곳 출생이며 "원의 시작과 끝은 동일하다.", "불은 만물의 근원이다."라고 생각하고 "만물은 유전한다."라는 철학자 헤라크레토스도 이곳 출신이라고 한다.

도서관 안으로 들어오니 벽돌로 쌓아 올려서 습도와 온도와 햇볕을 알맞게 조절할 수 있도록 배치하였고 지하에서 공기통을 만들어 습도를 조절했다고 한다.

터키 쿠사다시   79

· 마제우스 문과 마트리다데 문

도서관과 직각으로 이어진 이 문
은 아우구스투스 황제 때 노예를 해
방하였는데, 그 노예 중 마제우스와
마트리다데 형제가 이곳에서 무역으
로 큰 부호가 되어 자기를 해방시켜
준 아우구스투스 황제의 가족들에게

이 문을 만들어 봉헌하였다 하여 이 문을 아우구스투스 문이라고도 한다.

문을 지나 바로 옆쪽 실내엔 공개
하지 않은 아르테미스 여신의 조각상
이 있었다. 전면을 검은 막으로 커버
해서 사람들이 모르고 지나쳤지만,
그 안을 들여다보니 풍요와 다산을
상징하는 여신답게 유방이 30여 개
가 달린 조각상이었다. 기록에 의하
면 여신의 조각상은 에페소스 박물관
에 보존되어 있으므로 여기에 이렇게
방치해 둔 걸 보니, 아마 모사품인 것
같았다.

이 문을 나서면 바로 상업 아고라와 마불 거리가 이어지는데 마불 거리의 대리석에 새겨진 세계 최초의 옥외 광고판이 눈길을 끈다. 세계 최초의 옥외 광고판은 도서관 옆 공터의 상업 아고라 지역에 유곽이 있었기 때문에, 유곽으로 가는 길을 인도한 발자국 문양의 옥외 광고판이다.

그 내용을 보면 홍등가로 가는 길을 안내한 화살표와 파여 있는 구멍은 돈을 의미한다. "이리 오세요."라는 문구와 화살표가 있고, 하트도 있는데 하트는 위로와 유곽을 나타낸다. 왕관을 쓴 여인상과 발 모양은 발 방향대로 따라오고 발 크기보다 큰 사람만 오면 왕비처럼 예쁜 여자가 위로해 줄 거란다. 사각형의 의미는 크레디트 카드(?)라고도 하는데, 그 안에는 유곽의 규칙들을 적어 놓았다고 한다.

도서관을 지나 마블 거리를 걸어 내려오면 항구에서 올라오는 길인 아카디우스 길과 만나게 되는데, 그 만나는 곳에 유명한 대극장이 있다. 셀수스 도서관과 대극장은 에페소스에서 가장 뛰어난 역사적인 유물이기도 하다.

이 도로의 끝이 항구까지 이어지는 도로이며 모든 물류는 이 길을 통하여 반입되었다고 한다. 이 도로의 양옆으로는 상점들이 늘어서 있는 아고라이며 그 뒤에는 주택들이 들어서 있었다고 한다.

이 길은 로마의 황제 아카디우스 때 복구하여 항구까지 길이가 53m, 폭이 11m나 되는 동서양 문물의 출입로로써 에페소스에 풍요를 안겨 준 길이기도 하다.

- 대극장(Great Theatro)

  피온산의 경사를 이용하여 만든 대극장은 처음에는 헬레니즘 시대에 만들었으나, 로마 제국의 클라우디우스 황제 때 확장을 하였고 네로 황제 때 1, 2층으로 개조하였으며 13대 트라야누스 황제 때에도 보수·축조하였으며, 20대 황제 섭티 마우스 때 3층까지 완공하였으며, 폭이 145m이며 높이가 30m나 되었고 관중석은 1개 층에 22계단 식으로 만들어 총 2만 5천 명이 관람할 수 있는 공연장을 만들었다니 그 규모 면에서 정말 놀라웠고 그 당시 화려했던 시설을 상상할 수가 있었다.

  대극장은 공연뿐만 아니라 토론의 장소, 박해의 장소, 또는 재판의 장소 등으로 사용하여 온 지나온 역사가 너무나 다채로웠다. 공연 때에는 이곳 통로를 통하여 공연자나 검투사, 맹수들이 지나다녔을 것이고 토론 때에는 많은 청중 앞에서 헤라크레토스는 철학을 논하고 히포닉스는 패러디

를 통하여 청중을 웃기고 울렸을 것이다.

박해의 장소는 로마 시절 특히 네로 황제 시절 박해받던 기독교인들을 문초하거나 무참하게 처형한 장소로 사용했을 것이며, 재판의 장소로는 성 요한이 이곳에 선교 활동을 할 때 아르테미스 신의 은 조각품은 우상 숭배에 불가하다고 설득하여 판매가 부진하자, 은세공 업자들은 성 요한을 고발하여 여기에서 공개 재판을 받았으며 그 결과, 로마로 돌아가게 된 재판이 열린 곳이기도 하다.

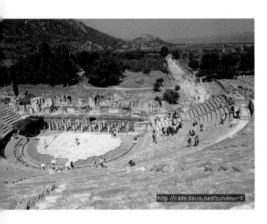

대극장 아래로 내려오면 항구로 통하는 아카디우스 길이 곧게 나와 있는데 이 길 양편에는 상업의 중심지로 동서양의 물건들이 거래되던 최고의 상가 거리였으며 화려한 시설과 최고급 상품이 가득한 활기찬 무역항의 중심 상가였기에 세계 최초로 이 열주들은 가로등으로, 밤에는 불을 켜는 화려한 상가 거리였다고 한다.

이 아카디우스 길이 끝나는 곳이 바다인데, 천 년 동안 에페소스를 부유하게 만들어 준 항구이지만 3세기경 지진으로 이곳의 수호신인 아르테미스 신전의 붕괴를 시작으로 에페소스는 계속

쇠망의 길을 걷게 되고, 토사가 점점 쌓이고 산사태가 일어나 바다가 메워져 항구의 기능을 잃어버리니, 그 화려했던 도시도 페스트와 함께 몰락의 도시로 변해 버렸다고 한다.

· 2000년 전으로 돌아간 착각

이천 년 전 로마의 실력자 마르크스 안토니우스가 크레오파트라와 함께 이곳을 방문하여 이 거리를 걸을 때 에페소스 시민은 디오니소스 신과 아프로디테 신이 왔다며 감격했다고 한다.

마침 우리가 도착했을 때 클레오파트라의 행렬이 시작되었다. 로마의 실력자 안토니우스와 클레오파트라가 좌정하고, 그 옆에는 호민관과 집정관이 도열한 가운데 무희들의 흥겨운 연회가 벌어지고 나면

두 기사가 호위병의 보호를 받으며 입장하여 황제뿐 아니라 많은 시민이(관광객) 보는 가운데 용맹한 두 기사의 칼싸움이 시작되었다.

이윽고 한 사람의 패배자에게는 죽이라는 엄지손 가락을 거꾸로 표시하는 시녀들과 관중들의 요구에 크레오파트라는 패배자를 죽이라는 신호를 보낸다. 한 사람의 기사는 그 현장에서 죽임을 당하고 이 공연은 끝이 난다.

우린 기원전 27년 로마 초대 황제 아우구스투스 시대부터의 화려한 번성기를 보며 로마 황제뿐 아니라 성 바울, 성 요한 그리고 성모 마리아까지 이곳에서 거주 또는 전도했다는 것은 이 도시가 로마 다음으로 기독교 시대에 최고의 순례지였을 것으로 생각하며 아쉬운 작별을 고하며 에페소스 박물관으로 향했다.

· 에페소스 박물관

샐축에 있는 박물관은 계속 확장 중에 있으며 발굴하면서 나온 유물들의 고증이 끝나면 바로 이곳에 전시된다고 한다.

이 도시의 주인공인 »
아우구스티누스 황제의 조각상

목은 없지만 관능미가 넘치고 유혹적인 몸매는 바로 비너스의 조각상이라고 느껴지고 작품의 섬세한 구도로 보아 로마 시대가 아니고 그리스 시대 조각품이라고 한다.

이곳의 수호신 아르테미스 여신상인데 마주 보게 전시해 놓은 이유가 무엇인지 여신의 조각상을 만들어 유통하였으니 세공 업자나 시대에 따라 여신의 형태도 다르게 표현했다고 한다.

・ 에로스와 프시케

프시케는 미의 여신 비너스가 질
투할 정도로 아름다운 공주였기에 비
너스가 아들 에로스에게 프시케가 세
상에서 제일 못생긴 남자와 결혼하는

운명의 화살을 쏘아 맞히라고 하
였으나, 에로스는 프시케의 아름다움
에 반하여 사랑의 화살을 쏘아 비너
스의 질투 속에서도 프시케와의 사랑
에 빠져 버린다는 신화가 전해진다고
한다.

출토된 유적들은 거의 로마 시대의 것으로, 기원전 4세기부터 기원후 6세기까지 약 천 년 동안의 화려했던 시기의 유품들이 계속 출토된다고 한다.

금강산도 식후경 우린 별장이 많은 쿠사다시로 돌아오는 길목에 최고의 휴양 호텔 Korumar에서 중식으로 터키식 뷔페와 몇 잔의 와인을 들며 오후 한때를 즐겼다.

에게해가 보이는 풀장 앞에 서 있는 모습을 보니 이런 곳에서 2~3일 쉬어 갈 수 있는 여유로움이 있다면 얼마나 좋을까 하고 부질없는 욕심도 내어 보았다.

점심 식사 후 우린 터키 카펫 공장을 방문하여 최고급 카펫을 구경하며 그들의 장인 정신에 놀랐고 그들의 숙명 정신에 존경을 표시했다. 1만 5천 불이면 터키 최고급의 양탄자를 구입할 수 있었으나, 욕심만 내다가 이곳 Bazar에서 아이 쇼핑을 즐기고 크루즈선으로 돌아왔다.

오늘도 강행군의 관광이었지만, 피로한 줄 모르고 크루즈로 돌아와 저녁 식사 후 쇼 한 프로를 보고

라운지로 나와 와인 한 잔을 들며 피로를 풀고 스테이지에서 춤도 추면서 즐거운 시간을 보냈다.

크루즈 여행의 묘미는 피로한 하루였지만, 감로수 같은 샤워를 하고 난 후 맛있게 디너를 끝내면 머리를 즐겁게 하는 노래와 춤으로 이어지는 엔터테인먼트를 보고 심신의 피로를 풀며 나름의 취미를 즐기는 것이 최상인 것 같았다.

터키 쿠사다시의 잔영

에게해가 보이는 외딴 불불산의 성지
홀로 승천한 마리아의 외로움은
요한이 있었기에
조각들을 누리는 한정의 테두리
그 비결이 어디에 있었던가

피욘산의 정기를 받았는지
이오니아 셀주크의 영혼들은
알렉산더를 그리워하며
헬레니즘을 꽃피우고 그 아픔을
한없이 음미하는데

크레오 파트라가 관능의 춤으로 유혹하던 곳
모두가 백기를 들고 투항하는데
눈부시게 감사한 상념들은
토사로 사라져 버린 무위 속에서
안토니우스의 절규만 남았네

미제우스의 의리를 아는가
마주침과 함께 깨어나는 의식들
왜곡된 현상은
번뇌의 해탈이 되어
관능미 넘치는 환락의 세계였던가

오, 찬란하여라 에페소스여.

제6화
그리스 로데스

11월 5일 Rhodes, Greece

자고 일어나니 크루즈 선은 터키의 티킬리(Tikili)항을 떠나 밤 사이 186mile을 항해해 와서 그리스의 로데스(Rhodes)항에 도착해 있다. 성벽으로 둘러싸인 도시를 보니 정말 전쟁이 많은 지역이었나 보다.

우린 피로한 줄 모르고 일찍 일어나 테라스 카페에서 아침으로 뷔페 식사를 즐겼다. 에게해의 따스한 아침 공기를 맞으며 먹는 아침 식사가 여유로워 보이고 멋있었다.

이곳 로데스는 크루즈 관광지이기에 아침 일찍 출항하는 다른 회사의 크루즈선도 보인다. 이곳도 제주도 같은 섬이지만 1년에 300일 이상 태양을 가진 축복받은 도시이다.

그리스의 휴양지답게 그리스 부호들의 요트들이 많이 정박해 있는 것 같다.

오늘의 첫 기항지 투어는 팔레리모스산 정상에 있는 교회의 방문이다. BC 2세기경에 만들어진 수호신 아테나(Athena Polias) 사원은 전란으로 사라지고 그 자리에 교회를 세워 지금까지 목회 활동을 하고 있다고 한다.

BC 99년 아테네의 한 성직자가 만든 이 사원의 방명록에는 헤라클레스, 트로이의 헬렌 왕비와 메넬라오스, 알렉산더 대왕 그리고 페르시아 왕들의 이름이 새겨져 있었다 한다.

그리스의 지혜, 전쟁, 직물, 요리, 도기, 문명의 여신인 아테나 신전은 사라지고 그 자리에 주춧돌만이 남아 있었다.

교회에서 내려다본 로데스 전경은 휴양지답게 방갈로들이 많이 보인다.

교회 안의 성모 마리아상이 앞에 놓여 있었다. 로데스는 키케로와 카이사르 같은 역사적인 인물들이 다녔던 유명 수사학 학교가 있었을 만큼 중요한 문화적 중심지였다고 한다.

· 기사단 성채(Grand Master Palace)

우린 오늘의 하이라이트인 기사단 성채에 도착했다.

중세 도시 로데스는 고대 그리스의 도시였다가 로마의 지배를 받았고 비잔틴을 거쳐 1309년부터는 예루살렘의 성 요한 기사단이 점령한 후 요새 도시로 만들었다.

여기에 기사단을 만들고 상부에는 기사장 궁전, 병원, 기사 거리 등이 있고 하부에는 오스만 시대에 세웠던 모스크와 고딕 건축물 등이 산재해 있는 그리스의 4대 휴양 도시이다.

기사단장 궁전(Grand Master Palace) »
입구 팻말

로데스는 기사단이 200년 넘게 이곳을 지배하다가 1523년 오스만이 술탄에게 패하고 이후 400년 동안은 터키의 지배를 받다가, 세계 2차대전 후 그리스 영토로 편입되었다.

현재의 건물은 이탈리아 사보이 왕가를 위해 수리 복구된 것으로, 무솔리니가 별장으로 이용하기도 했다고 한다.

앞에 보이는 2층 건물이 기사단장 궁전이다. 건물은 튼튼한 옹벽으로 이루어진 석조 건물로 건설되었으며 조금은 거칠어 보였다.

이름 모를 기사장들의 동상이 서 있는 입구를 지나면 2층으로 올라가는 넓은 계단이 나타난다. 비상시를 위하여 통로의 크기도 넓게 만들어진 것 같았다.

고대 유적들도 기사단의 모습을 한 조각품들이 잘 정리되어 있었다.

이런 방들이 158개나 되며 기사장의 생활 공간도 있지만 기사 회의, 각료 회의, 방문객 접대실 등 다양하게 사용하였다 한다.

이 조각상의 제목은 〈라오콘과 그의 아들들〉이었는데, 트로이 전쟁 때 트로이의 사제였던 라오콘과 그의 두 아들이 포세이돈이 보낸 독사에 칭칭 감겨 고통받는 모습을 표현한 작품이다. 원본은 바티칸에 보관되어 있다고 한다.

성 요한 기사단은 1048년 성지 예루살렘에서 순례자의 간호를 위해 생긴 의료 봉사단이었다. 그러나 1099년 십자군 전쟁으로 기독교도가 예루살렘을 정복하사 이후 탈환하려는 이슬람교도와 전쟁이 길어지자 전부 기사단으로 변하였다고 한다. 메두사의 얼굴을 그린 모자이크도 보인다.

그 후 1291년, 예루살렘이 셀주크족의 장군인 살라딘(이집트를 정복하고 왕이 됨)에게 함락된 후 이 기사단은 키프로스 섬에서 농성하다 후퇴하여 로도스에 정착하고 기독교 왕국을 세웠다고 한다.

지금은 로마에 본부를 두고 아직도 30명의 신부와 8천 명의 기사를 거느리고 있다고 한다.

이 타일 카펫은 초기 비잔틴 모자이크 »
타일이라고 한다.

궁전은 화려하지는 않지만 모든 장식품이 카펫이 아니고 섬세하며 작은 아름다운 모자이크 타일로 만들어져 있으며, 수백 년이 지난 오늘날까지도 색상이나 모양도 변하지 않는 기술에 놀라울 뿐이다. 이 사진은 마치 카펫처럼 고운 모자이크 타일 바닥이다.

궁전 전부가 모자이크 타일로 장식된 것은 참으로 특이하며 기사들의 거처이기 때문에 황궁처럼 화려한 카펫으로 하지 않고 내구성이 좋은 타일 카펫으로 장식하지 않았나 하는 생각이 들었다. 음악과 시를 관장하는 아홉 명의 여신 뮤즈 중 희극을 맡고 있는 탈리아의 얼굴도 보였다.

우린 기사의 거리로 나와 수백 개의 상점이 모여 있는 Grand Bazar에서 커피 한잔을 마시며 기사들이 이곳을 방어하던 철옹성 같은 성벽을 보며 그들의 삶을 음미해 보았다.

원래 태양의 신 헬리오스가 있던 곳에 지어진 사원으로 7세기에는 비잔틴 궁전이 있었다. 그리고 14세기에 세인트 존의 기사에 의하여 그랜드 마스터의 거주지로 궁전을 지었다고 한다.

에게해 끝자락 장미의 섬이라 불리는 로데스는 기원전 289년에 마케도니아 전쟁에서 승리한 기념으로 36m에 달하는 태양의 신 헬리오스 청동상을 린도스 카리오스에 의하여 만드라키(Mandraki) 부두에 세우고 이 섬을 지키는 수호신으로 만들었으며, 고대 세계 7대 불가사의 건축물로 지정되었으나 안타깝게도 현재는 소실되고 없었다.

http://cafe.daum.net/sonamu-1

- 헬리오스 신의 아들 이야기

　태양신 헬리오스와 님프 사이에서 태어난 아들 파에톤은 친구들로부터
"너는 태양신의 아들이 아니다."라는 조롱을 받자, 직접 헬리오스를 찾아가기
로 했다. 헬리오스는 자신을 찾아온 아들을 보고, 아들에 대한 사랑을 증명하
기 위해 무슨 소원이든지 말하면 들어주겠다고 약속했다.

　하늘을 달리는 태양의 전차를 하루만 빌려달라고 아들이 요청하자 태양의
마차는 제우스도 탈 수 없는 위험한 것이었는데 헬리오스는 파에톤이 타기에
는 위험하다는 것을 알면서도 약속을 한 이상 빌려주지 않을 수 없었다.

헬리오스는 걱정이 되어 여러 가
지 주의를 주었으나, 신이 난 파에톤
의 귀에는 그 말이 들리지 않았다. 네
마리의 말들이 끄는 전차는 하늘을
가로질러 날기 시작했는데 말들은 마
차가 너무 가볍다는 것을 느끼기 시
작했고, 무섭게 돌진하기 시작했다.

파에톤의 통제를 벗어난 말들이 고삐가 풀린 듯 하늘 위로 치솟아 올랐다가 지상으로 접근하는 등 제멋대로 날뛰었으므로 태양의 열기에 강과 바다가 밀라 버릴 지경이 되었다. 에티오피아인들의 피부가 검은 것은 이때의 열기로 피가 살갗으로 몰렸기 때문이며, 리비아의 사막도 이때 생긴 것이라고 한다.

제우스는 더 이상의 피해를 막기 위해 벼락을 내려 파에톤을 전차에서 떨어뜨렸고, 파에톤의 몸에 불이 붙으면서 에리다노스강으로 빠지는 것을 보고 요정인 그의 누이들은 슬피 울다가 포플러나무로 변했다는 신화의 세계도 인간 세상과 다를 바가 없는 것 같았다.

오늘 저녁 식사는 18:00 선내 ChezJacqu 프랑스 식당이다. 오늘은 2인석에서 둘이서 오붓하게 식사를 하였다. 각국의 Wine List를 보고 선택할 수 있으며, 한 잔만 시켜도 가능하고 가격은 12불 정도이다. 우린 달팽이(Escargot) 요리를 찾느라 메뉴 선택에 20분을 소비하고 결국, 웨이터의 도움을 받아 맛있는 달팽이 요리로 저녁을 먹었다.

우린 식사 후 피곤은 하지만 야간 콘서트홀에서 클래식의 밤을 보내고 오늘의 일정을 마무리했다.

그리스 로데스의 잔영

영원한 헬리오스의 힘일지라도
키케로의 독백도 공허로 들리고
들꽃의 속삭임도
기사단의 포효로 들리는 로데스

오로지 힘과 생명을 바쳐
찾아야 할 진리가 무엇이었던가
사랑도 미움도
말발굽 소리에 묻혀 버리네

영혼과 더불어
힘찬 활화산의 정기가
자연스러움과 합쳐서
우리네 필부에게 눈짓하네

그래서
억겁의 연륜 속에서도
백호의 기상처럼
정의의 기사는
세신의 의미를 마음껏 누리며
다가오는 마돈나

풍요와 소유는
순수해질 때만
우주를 밝히는
탈리아의 희극이 되리니.

제7화
그리스 크레타섬

11월 6일 Creta, Greece

크레타섬은 그리스에서 제일 큰 에게해에 자리한 섬으로 동서양의 교통과 문화의 중심지였으며, 일찍부터 꽃피운 에게 문화는 유럽 문화의 뿌리가 되었으며 그리스 문화의 근간이 되었다.

6세기 호메로스의 서사시 《일리아드와 오디세이》가 진실일 것이라 굳게 믿고 트로이와 미케네 발굴을 했던 하인리히 슐리만이 1800년대 후반 기이 라클리온 항구에서 6km 떨어져 올리브나무들에 뒤덮인 크노소스에 잃어버린 문명이 숨어 있는 것을 알고 발굴하려고 하였으나 지주의 땅값이 너무 비싸 포기했지만,

1896년 영국의 고고학자 에반스는 모금을 통하여 그 땅을 구입한 후 30여 년간 발굴하여 찾아낸 크노소스 궁전은 신화 속에서만 존재하던 크레타 문화를 세상에 알리게 되었으며, 지금도 그 발굴 작업이 계속되고 있었다.

어김없이 아침이면 새로운 항구에 도착한다. 로데스에서 150mile을 달려와 크레타섬에 도착했다.

오늘도 아침 식사는 테라스 카페다. 공기 좋고 새로운 항구 위에서 맛보는 조식에 우리 집사람은 매일 아침 레모네이드를 주문한다. 레모네이드 팬이 되어 버린 모양이다.

신화가 숨 쉬는 크레타섬은 기원전 3000년부터 1200년대까지 에게 문화와 미노아 문화(크레타 문화)의 절정기를 이루었으며, 미노아 문화의 시작에는 미노스(Minos) 왕의 존재가 큰 역할을 했으며, 크노소스 궁전도 미노스 왕이 생활한 궁전으로 크레타 문화에서는 빼놓을 수 없는 존재이다. 크레타섬은 올리브의 생산에 적합한 기후 조건으로 올리브 농장이 주를 이루고 있었다.

· 크노소스 궁전
(The Palace of Knossos)

열 대 이상의 크루즈 팀은 각자 관광을 시작하는데 우리 팀의 오늘 투어는 크노소스 궁전부터이다.

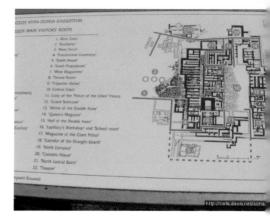

· 크레타 문명

크레타 문명은 BC 20~15세기에 가장 번성하였고 그 대표적인 유적이 크노소스(Knossos) 궁전이다. 전설적인 왕 '미노스'의 이름을 따서 미노아 문명이라고도 한다. 크레타 문명은 BC 1400년경에 남하한 미케네에 의해 멸망했다고 한다.

· 미케네 문명

그리스 북방의 미케네인은 BC 2000년경부터 크레타 문명의 영향을 받아 그리스반도로 남하하기 시작하여 BC 1400년경 크레타섬을 정복한 후 그 문명을 흡수하여 미케네 문명이 탄생하는데, 미케네 문명은 그리스 본토의 중남부를 중심으로 하고 외곽으로는 크레타섬과 트로이(소아시아 지방)까지 퍼졌으며, 미케네 문명도 BC 12세기경 또 다른 그리스인의 일파였던 도리아인에게 멸망했다.

크레타 문녕과 미케네 문명을 합쳐서 에게 문명이라고 한다. 에게 문명은 역사적으로 이집트와 오리엔트 문명을 기초로 하여 발생한 문명이며 이후 그리스-로마-유럽 문화의 기초가 되었다고 한다.

관광 코스를 친절하게 안내해 준 표지판을 보고 우린 궁전 안으로 들어갔다. 19세기 초 크노소스 궁전을 발굴하고 세상에 알린 영국의 고고학자 아서 에반스 경의 동상이 서 있다. 30년간 진행한 발굴 자료들은 시내 고고학 박물관(Herakleion Archaeological Museum)에 전시되어 있으며, 그 종류로는 벽화, 금은 세공품, 도자기 등이 있다.

크노소스 궁전에는 환기, 채광, 물 탱크, 수세식 화장실, 곡물 창고, 포도주 창고 등 약 1,500개가 넘는 방들이 있었고, 서쪽은 신전으로 쓰였고, 동쪽은 왕궁으로 쓰였으며, 서쪽 끝부분의 식량 창고는 그 크기가 당시 살았던 인구의 수를 헤아릴 수 있었다.

거대한 돌 더미들이 수천 년간 흙속에 묻혔다가 인간의 힘에 의하여 발굴된 현장이라 감회가 새로워 보였다. 미리 준비한 자료를 들고 열심히 찾아다니는 집사람의 성의가 대단하다.

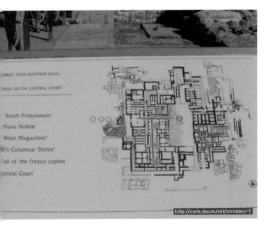

1. 신전 입구 2. 기사의 방 3. 서쪽 창고 4. Tri Columar 신전 5. 프레스코화가 벽에 그려진 미노스 왕실 6. 중앙 앞마당 등 상세하게 안내되어 보는 사람들의 이해가 쉬웠다.

지하에서 발굴한 곡식 또는 술과 올리브유를 저장했던 큰 항아리들이 전시되어 있었고

프레스코화에 새겨진 기름병을 운반하는 크레타인들의 모습을 볼 수 있다. 이들의 그림에는 균형 잡힌 근육질 남성과 항상 바다와 연관된 그림들이 존재하는 것을 보면 기원전 그 당시에는 바다와 관련되어 역사가 주로 이루어진 것으로 생각된다.

150개 이상의 큰 항아리들이 발굴된 것으로 보아 서쪽 식량 창고(?)로 추측된다고 한다. 지금은 형태만 남아 있으나 역사학자들의 연구로 인하여 당시의 실상을 전해주고 있었다.

상세히 구분된 지역의 생김새와 용도도 정확히 추측하여 기술하고 있었고 고증을 통한 역사의 현실이 타임머신을 타는 것 같았다.

옥좌의 방에는 왕이 앉아 있던 의자와 프레스코화로 그려진 벽화는 독수리 머리에 사자 몸뚱이를 한 상상의 동물 그리핀이 해조류에 흔들리며 앉아 있는 모습은 무엇을 의미하는지 궁금했다. 무어라 설명은 하는데 이해를 못 해 서운한 마음~~~

벽에는 상상의 동물 그리핀의 모습도 새겨져 있었다. 옥좌의 방은 그의 원형대로 보존되어 있었는데 그 용도에 관한 것은 설명이 없었다.

아무리 노력해도 풀리지 않는 일이면 아리아드네의 실타래를 가지고 오지 않았나 하는 미노스 왕의 이야기가 전설이 되고 크레타 문명이 되어 세월이 흐른 후에는 그리스의 전설과 합쳐져 그리스신화를 탄생시켰다고 한다.

여왕의 방이라고 추정하는 이 방은 욕실 화장실은 수세식이었고, 물고기 그림이 붙어 있는 것으로 보아 바다에서도 생활의 수단을 찾은 것으로 생각되었다.

2층 건물의 유물이 왕좌의 방 모습이다. 어떻게 이런 모습들이 2천 년이 넘는 세월 동안 땅속에서 견뎌낼 수가 있었는지가 이해가 되지 않았다.

밑으로 내려가는 계단 아래에는 왕족의 거처로, 외부인의 출입이 엄격히 통제되었다 하고, 아래 주거 공간은 현재 수리 중이라 입장할 수가 없어 위에서 아래의 전경을 볼 수밖에 없었다.

복잡한 설계로 지어져 예부터 라비토스(미궁)라고 불린 곳으로 한번 들어가면 입구를 찾을 수가 없었다고 한다.

차양이 쳐진 아래에서는 아직도 유물을 탐색하고 있는 연구원들이 더운 날씨에도 구슬땀을 흘리며 조용하게 연구 작업을 계속하고 있었다.

북쪽 출구에서 관람을 마친 우리 일행들은 모여 다음 행선지로 행했다.

· 크노소스 궁전의 이야기
  미노스 왕과 미노타우로스의
  미궁

그리스신화 중에는 크레타섬의 괴
물 이야기가 있다. 크레타섬의 미노
스 왕은 강력한 함대를 거느리고 지
중해 일대를 장악하고 있었다.

어느 날 미노스 왕의 아들인 안드
로게오스가 아테네에서 열린 운동 경
기 후 아테네의 왕 아이게우스에게
암살당하는 사건이 일어났다. 아이게
우스는 운동 경기에서 아테네인들을
물리치고 승리를 거둔 안드로게오스
를 질시해 죽여 버렸던 것이다.

이에 크게 진노한 미노스 왕은 전
함을 이끌고 아테네로 쳐들어가 닥
치는 대로 파괴하고 도시를 불태우고
완전하게 정복한 뒤, 매년 귀족 출신
의 남녀 일곱 명씩을 공물로 바칠 것
을 명령하고 철수했다.

한편 미노스 왕이 바다의 왕 포세
이돈에게 보낼 황소를 가로챈 것을
안 포세이돈은 격노하여 저주를 내린

다. "왕의 아내 파시파는 황소에게 주체할 수 없는 욕정을 느끼게 될지어다!"
그리하여 몸은 사람, 얼굴은 황소인 미노타우로스가 태어난다.

그러자 미노스 왕은 건축가 다이달로스에게 명해 궁전 지하에 미궁을 짓게
하고 미노타우로스를 이곳에 가둬 놓았다.

그리고 아테네에서 공물로 보내온
남녀들을 미궁 속으로 내려보내 미노
타우로스의 먹잇감이 되게 했다.

매년 소년과 소녀들이 목숨을 잃
게 되자 아이게우스 왕의 아들인 테
세우스가 공물이 되어 크레타로 왔
다.

미노스 왕 앞에 끌려온 테세우스
를 본 미노스 왕의 딸 아리아드네는
한눈에 반해 그를 돕기 위해 남몰래
단검과 실뭉치를 건네주었다.

테세우스는 아리아드네가 준 실을
입구에 묶은 다음 실뭉치를 슬슬 풀
어 가며 미궁으로 들어가서 괴물 미
노타우로스와 맞닥뜨리고는 격렬한

싸움을 벌여 괴물을 물리친 테세우스는 풀어 놓은 실을 되감아서 무사히 탈출에 성공할 수 있었다고 한다.

궁진 내부에는 소를 주제로 한 쌍도끼(라블류스) 장식이 곳곳에 있으며, 궁전 자체도 미궁 같은 구조로 되어 있기 때문에 라블류스가 변해서 라비린토스라는 말이 생겨났다는 것이다.

· 그리스 영웅 테세우스의 신화적인 이야기

아테네의 왕, 아이게우스는 트로이젠의 왕인 피테우스의 집에 잠시 묵게 되었고 그곳 공주 아이트라와 하룻밤을 지내게 했다.

트로이젠을 떠날 때 아이게우스 왕은 아이트라를 어느 큰 바위로 데리고 가더니, 바위 밑에다 샌들과 칼을 묻어 두고서 말하기를 만약 아들을 낳아 아들이 이 바위를 들어 올릴 수 있게 되면 바위 밑에 넣어 둔 샌들과 칼을 가지고 아테네로 와서 자기를 찾으라고 하며 떠났다.

테세우스가 장성하자 아이트라는 테세우스를 큰 바위로 데려가 바위를 들게 하였다. 바위를 단숨에 들어 올리니 그 밑에 칼과 샌들을 발견하고 출생의 비밀을 알게 된 테세우스는 아버지의 나라 아테네를 찾아가기로 마음먹고 안전한 바다 항로를 택하지 않고 그 당시 그리스에 명성이 높았던 헤라클레스와 같이 나라를 괴롭히고 있던 악당들과 괴물들을 퇴치하여 유명해지고 싶은 마음을 억제할 수 없어 험준하고 위험한 육로를 택하여 출발하였다.

여행 첫날 그가 에피다우로를 통과할 때 페리페테스라는 자는 광폭하여 항시 철퇴를 지니고 다니면서 모든 여행자를 괴롭히고 있었다.

테세우스가 가까이 오는 것을 보고 갑자기 나타나 공격을 하였으나 젊은 영웅의 일격을 받고 쓰러졌다.

테세우스는 철퇴를 빼앗아 최초의 승리 기념으로 그 후 항상 가지고 다녔다.

또 고린토스 지방에서는 포세이돈의 아들인 시네스(Sines)라는 무법자가 있었다. 나그네를 붙잡아 휘어 놓은 두 그루 소나무에 나그네를 묶었다가 나무를 풀어 사람을 죽이는 무서운 자와의 격투에서 이기고 그가 하던 대로 소나무를 휘어 사지를 묶은 후 소나무를 튕겨서 사지가 찢겨 죽게 하였다.

테세우스는 이번에는 길을 똑바로 가지 않고 우회로를 택했다. 크롬미온(Krommyon)을 황폐화했던 야생 암퇘지 파이아(Phaia)를 잡기 위해서였다. 농부들은 이 암퇘지가 두려워 밭을 경작하려고 하지 않았다. 테세우스는 저돌적으로 달려드는 암퇘지를 단칼에 죽여 버렸다.

코린도 협곡에는 행인들의 물건을 빼앗고 허리를 숙여 자신의 발을 씻게 하고 허리를 숙이는 순간 발로 차 버리는 스키론이란 악당도 같은 방법으로 처치하고 길을 떠난다.

그가 이스트모스를 거쳐 엘레우시스(Eleusis)에 도착하자, 레슬링의 달인 케르키온(Kerkyon) 왕이 그에게 시비를 걸어 왔다. 레슬링 시합에서 지면 죽임을 당하는 규칙이므로 테세우스는 케르키온을 허리 돌려치기로 잡아 땅바닥에 메쳐 꽂아 죽였다.

다프니(Daphni) 수도원 근처에서는 '늘리는 자'라는 별명을 가진 다마스테스는 쇠 침대를 가지고 있어 여행객을 침대에 자게 하고 신장이 침대보다 짧은 경우에는 몸을 늘려서 침대에 맞도록 하고, 반대로 신장이 침대보다 길 경우에는 긴 부분을 잘라 버렸다. 테세우스는 이 자도 다른 자와 같이 그의 침대를 이용하여 처치했다.

도중의 모든 위험을 정복하고서 테세우스는 마침내 아테네에 도착했는데 이 소식을 들은 아이게우스 왕은 그를 불러 연회를 베풀어 주는데 아이게우스의 아내인 마법사 메디아는 자기 아들이 왕위 계승을 못 하기 때문에 건배주에 독초를 넣어 테세우스를 죽이려고 하였다.

그녀는 아이게우스 왕에게 테세우스는 장차 위험한 인물이 될 것이라고 설득하여 건배주를 마시게 하는데, 테세우스가 가진 칼의 문장과 신은 샌들을 보고 자기의 아들인 것을 알아차리고 잔을 빼앗아 살린 뒤, 왕위를 물려주었다고 한다.

테세우스를 후계자로 결정하고 왕은 크게 기뻐하며 신전에 제사 지내고 모든 도시국가 지도자와 시민에게 포도주와 황소로 성대한 연회를 베푸니 모든 시민은 "전능하신 테세우스시여, 그대는 그 뛰어난 무용으로 크레타의 황소를 죽임으로써 마라톤 평원에다 기적을 일으키셨습니다."

"이제 그대의 공덕에 힘입어 크로미온의 농부들은 멧돼지를 두려워하지 않고 농사를 지을 수 있게 되었습니다. 어디 그뿐입니까? 그대의 모든 공적을 믿으려 하리오. 우리의 찬양을 받으시고 우리가 드리는 잔을 받으소서."

궁전은 환호성과 백성이 부르는 노래로 떠나갈 듯했다.

그 후 후계자로 지명된 테세우스는 크레타섬의 괴물을 죽이고 아테네로 돌아오는데, 아이게우스 왕이 검은 깃발이 올려진 선박을 보고 테세우스가 죽은 것으로 믿고 낙담하여 바다에 투신자살해 버리니, 테세우스가 왕위를 계승하여 아테네를 통치하였다는 전설이며, 아이게우스가 투신한 바다는 에게해라고 한다.

· 시골 탐방

우리 일행은 끝없이 펼쳐지는 올리브 농장과 포도 농장을 보면서 크레타섬 중앙 고지대에 있는 농촌을 체험하기 위하여 비탈길을 한없이 올라갔다. 이곳 시골 체험의 묘미는 동질성이라고나 할까나.

축복받은 태양으로 세계 제일의 포도와 올리브 농장으로 이루어진 마을 지나고 산 능선으로 이루어진 시골 풍경을 바라보면서 어느덧 한 시골 마을에 도착하였다.

제일 먼저 눈에 들어오는 광경은 성당이다. 어김없이 아무리 작은 마을이라도 사람들이 사는 곳에는 종교 시설이 먼저 만들어지며 이곳에서부터 마을이 형성되는 것 같았다.

http://cafe.daum.net/sonamu-1

오래된 교회가 농촌의 시골 동네를 지키고 있었고 벽화도 낡은 것으로 보아 쉼 없는 세월을 지나온 것 같았다. 우리도 오늘 이 성당에서 역사의 한 발자취를 남기고 나왔다.

우린 시골 마을의 한 평범한 가정집을 방문하였다. 간단한 음료와 집에서 만든 포도주를 대접받았다. 시골집이지만 깨끗하고 정갈한 모습이 어느 도시의 서양인처럼 살아온 나날들을 엿보게 하였다.

http://cafe.daum.ne

그 사이 우리 집사람은 다른 집에 석류가 빨갛게 열린 것을 보고 그 농부에게 하나 달라고 하였더니 6개를 따 주어 배로 가지고 와서 귀국하는 날까지 매일 한 개씩 먹었다. 시골 인심이란 어딜 가든 같은 것 같았다. 여유로운 삶이 보람 그 자체인 것 같은 인심이다.

우리 일행은 그 동네 올리브 농장과 포도 농장을 가진 어느 농부의 집 마당에서 직접 갓 구워 낸 빵에다 채소샐러드 그리고 이곳에서 키운 시골 닭튀김 등과 어울려 가양주인 별미 포도주를 마시며 농촌의 한가로운 오후를 즐겼다.

농촌 생활을 접해 보지 못한 서구인들의 농촌 체험은 정말 흥미롭고 신선한 코스였다. 사람들이 좋아하며 즐기는 모습을 보고 농촌과 윈윈(win-win)하는 이곳 행정에도 깊게 감동했다. 이곳 주인도 신이 나서 먹을 것을 계속 가져다주었다.

이곳 크레타섬은 기원전 미즈노 시대부터 포도주 종류의 음료가 생산되었으며 크노소스 궁전에도 이들을 담는 용기들이 발견된 것으로 보아 유럽 최초의 포도주 생산지이기도 하다. 우린 상쾌한 마음으로 크레타 항구로 내려왔다.

· 니코스 카잔 차키스의 묘

크레타섬 하면 그리스의 대문호 니코스 카잔 차키스를 빼놓을 수 없다. 우리에게 잘 알려진 《낙천주의자》, 《희랍인 조바르》의 작가인 그가 이 섬에서 태어나고 이 섬에 묻혀 있다. 그리스 정교회와 로마의 가톨릭으로부터 파문당한 그는 공동묘지에 묻히지 못하고 베네치아 남쪽 성벽 위에 묻혔다고 한다.

우린 잠시나마 크레타섬을 속속들이 돌아보고 만족한 마음으로 크루즈선으로 돌아왔다. Dinner 예약을 위해 샤워를 하고 나오니 벌써 선박은 아테네로 향하여 항해 중이다.

오늘 저녁 예약은 Red Ginger 식
당이다.

Red Ginger는 일본식 식당으로
모든 인테리어가 붉은 색조이다. 특
이한 분위기에 일식이라니 조금은 부
담감이 느껴졌다. 오늘도 우리 둘만
의 저녁 식사를 오붓하게 할 수 있어
서 좋았다.

내일은 그리스 아테네이다. 그림 같은 흰색의 건물과 푸르른 바다의 싱그
러움을 항상 동경하던 그리스. 내일의 관광을 위하여 오늘은 일찍 잠자리에
들었다.

그리스 크레타섬의 잔영

태양의 축복을 받은 땅
미노스의 숨결이 느껴지는
에게해의 오아시스처럼
문명의 메아리가 들리는 곳이네

신화가 숨 쉬고 태고의 빛들은
수천 년을 땅속에서 오늘을 기다렸는지
말 없는 자태는 그 옛날의 서러움인가
위대한 영혼이 나를 맞이하네

목숨을 건 사랑도
테세우스의 영웅담도
이젠 멀리 사라져 버린
멋쟁이 자연인 조르바인가
내면에서 올라오는
바람인지 욕구인지

생각의 짊은
다음 순간엔 축제의 힘이요
신들의 선물이라
매 순간 완벽한 시간을 알려 주는데
장엄한 연주 너머
내면에 스며드는 거룩함이여

'나는 아무것도 두려움이 없다.'
'나는 자유다.'

제8화
그리스 아테네

11월 7일 Athene, Greece

그리스 하면 따가운 태양과 하얀 지붕의 그림 같은 집 그리고 푸른 바다가 넘실대는 곳으로 여기에 신화가 살아 숨 쉬는 아름다운 나라로 항상 동경의 대상이 되었던 곳이기에 기대를 걸고 아테네의 첫날을 맞았다.

지중해의 식단처럼 올리브유와 포도주 그리고 요구르트로 이루어지는 아침 식단은 장수 식단이다. 오늘 아침은 장수 식단으로 배를 채웠다.

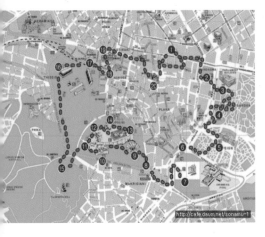

1. 아힐레이스 호텔
2. 신타그마 광장
3. 국회의사당
4. 국정원
5. 지피온
6. 하드라아누스문
7. 제우스 신전
8. 매표소
9. 디오니소스 극장
10. 아티쿠스 음악당
11. 불레 문
12. 프로필레아 문
13. 파르테논 신전
14. 에르크메이론 신전
15. 아레오파고스 언덕
16. 아고라 헤파이스토스 시전
17. 아탈로스 주랑
18. 로만 아고라 바람신의 탑
19. 모니스티라키 광장
20. 카프니 카레이 성당

그런데 아침을 먹으면서 배에서 주위를 둘러보니 그림 같은 하얀 집들은 보이지 않고 상업화된 건물들이 즐비하여 이곳이 그리스인가 하는 착각이 들었다.

우린 버스를 타고 시내 중심지 신타그마 광장(Syntagma Square)까지 왔는데 조금은 실망이다. 보이는 거리는 그리스가 아니다. 역사적인 건물이나 예술적인 건물은 보이지 않는다. 내가 동경하던 그리스의 그림은 이젠 여기에서는 찾을 수 없고 바닷가의 한적한 공간이나 6,000개의 섬 중 피서지에서나 찾아볼 수 있는 풍경인 것 같았다.

1936년 독립 건국 후 초대 오토 왕이 건설한 왕궁으로 지금은 국회의 사당으로 사용한다. 특이한 복장의 군인이 교대식을 하고 있는 것 같았다. 2004년 올림픽 경기장 주 경기장의 모습도 차창 밖으로 지나간다.

아테네 시내에는 부서진 옛 유물들과 상업화된 건물들로 가득하며 끝없는 전란의 아픈 역사와 함께 고대 유럽 문화의 발상지였던 아테네는 참호 속에 사라지고 이젠 생존 경쟁을 위한 몸부림으로 상업화된 거리만 만날 수 있었지만 어느 편에선 관광 자원을 충분히 활용하려는 의지가 강하게 보였다.

그리스는 "신화와 함께 생활한다(Live your myth in Greece)."라는 슬로건을 걸고, 관광 사업이 GDP의 18%나 되는 관광 대국이다. 고대 음악당 오데몬의 헤로데스 아티쿠스 음악당(Odeum of Herodes Atticus) 161년 부호이고 실권자인 헤로데스 아티쿠스는 아내 레기나가 죽자 그를 기리기 위하여 최초의 돌 극장을 만들었으며 지금도 야외 공연장으로 활용하고 있다.

1993년에는 그리스가 낳은 거장 야니(Yiannis Hrysomallis, 1954~)가 여기에서 세기적인 라이브 콘서트를 하여 화제가 되기도 했으며 6,000석의 관중석을 메우는 이곳의 공연은 뮤지션의 꿈의 무대가 되고 있다. 항상 여름이면 상설 무대로 공연이 열리는 곳이다.

http://cafe.daum.net/

아크로폴리스의 남쪽 절벽에 지어진 디오니소스 극장이며 디오니소스는 연극과 포도주를 관장하는 그리스의 신이다.

그리스 고전 연극이 이곳에서 항상 초연되었고 BC 4세기경에는 17,000개의 돌계단을 만들었고 AD 61년 로마 네로 황제 때에는 무대를 높이고 더욱 확장하여 화려한 극장으로 만들어 사용했으나, 4세기경부터 폐허가 되어 잊혔었지만 1765년대에 재발견되어 복원이 이루어지고 있었다.

그리스 역사를 간단하게 요약하면 고대 크레타 문화의 중심지로 고대 그리스가 탄생하여 유럽 문화의 기초가 되었으나, 북방 마케도니아에 정복당하고 그 후에는 로마의 속국이 되면서 그리스와 로마가 동반 성장을 하였으나, 기독교의 몰락과 터키 오스만제국의 정복으로 그리스는 400년간 터키 제국의 지배를 받다가 2차 세계대전 후 그리스로 독립한 역사를 가지고 있다.

· 그리스 신화의 탄생

모든 사물을 고대 그리스인 특유의 미화 작업을 통하여 인간화하고 그들의 영웅담과 전설을 이야기화(Mythos)하여 그리스의 신들과 신화를 창조하였으며, BC 3000년경부터 크레타 문화를 중심으로 시대에 따라 신과 신화가 바뀌고 BC 20세기경 올림포스의 신들이 정착되면서 그리스신화가 정착되었다고 볼 수 있다.

파르테논 신전은 거대한 기둥들만 남아 있으나, 현재는 복원을 위하여 조금씩 공사가 진행되고 있었다.

그리스의 수호신 아테나 파르테노스 신에게 바쳐진 신전으로 BC 447~431년에 그리스 도시국가들의 기부금으로 조각가 페이디아스에 의하여 만들어졌고 아테네 인의 상징물이다. 1987년 유네스코 문화유산 1호로 지정된 신전은 지금 복원 중이며 유물의 50% 이상이 대영 박물관에 전시되어 있다고 한다.

· 올림포스 신의 탄생

티탄족인 크로노스는 아버지의 생식기를 자르고 태어나 세계의 지배권을 차지하지만 여섯 명의 자식 중 하나에게 왕좌를 빼앗길 거라는 예언을 듣고 모두를 삼켜 버리고 만다. 크로노스의 아내인 레아는 막내아들 제우스가 탄생하자 돌을 강보에 싼 것을 건네며 아들이라고 속이고, 제우스를 지키는 데 성공한다. 제우스는 아버지가 삼켜 버린 형제들을 토하게 하여 형제의 힘으로 세계를 통치하게 되고 그리스 신의 우두머리가 된다.

· 에럭티온 신전 앞에서

항아리를 머리에 얹고 있는 아름
다운 여인상 기둥으로 유명한 에럭티
온 신전은 제우스가 아테네와 페르시
아 전쟁에서 어느 편이 이길 것인지
물었을 때 여사제들은 페르시아라고
답했으나 실제로 아테네가 승리로 끝
났기 때문에 그 벌로 항아리를 머리
에 얹고 있다고 한다.

또 이 신전 자리는 아테나와 포세
이돈이 경쟁한 장소이며, 포세이돈이
삼지창으로 이곳을 내려쳐 샘물을 만
들고 아테나는 올리브나무를 만들어
내어 아테네인에게 더 유용한 것을
제공한 아테나의 승리로 끝났기 때문
에 아테네의 수호신으로 자리매김하
였다고 한다.

· [그리스신화] 올림포스 12신
  (or 14신)

그리스신화에 나오는 12신이란
제우스 형제 6명과 제우스 자식 6명
을 지칭한다고 하는데 지옥의 신 하

데스가 제우스 형제로 12신에 포함되고 헤스티아, 디오니소스, 아프로디테 중 한 명이 12신에 포함된다고 한다.

1. 제우스(Zeus)

올림포스산이 주신으로 신과 인간의 아버지로 불리며 최초의 신인 가이아의 아들인 우라노스의 아들인 크로노스의 막내아들이다. 크로노스와 레아 사이에서 태어났으며, 형제들과 힘을 합쳐 크로노스를 몰아낸 뒤 올림포스를 관장하는 신이다. 번개와 아이기스란 방패를 무기로 사용하며 총애하는 새는 독수리라고 한다.

2. 헤라(Hera)

결혼과 출산, 가사의 여신으로 크로노스와 레아의 딸로 올림포스의 주신 제우스의 누이이자 아내이기도 하여 올림포스의 여신 중 최고의 여신이다. 제우스와 결혼했을 때 가이아에게서 황금사과가 열리는 나무 한 그루를 결혼선물로 받았으며 또한, 질투가 심하다고 한다. 상징물은 공작새와 암소로 비유한다.

3. 포세이돈(Poseidon)

제우스 신의 형으로 바다와 물의 신이며 그의 상징은 삼지창이다. 말을 창조하였고 경마의 수호신이기도 하다. 그가 이끄는 말들은 놋쇠 말굽과 금빛 갈기를 가지고 있으며 이륜차를 바다 위에서 끌었는데, 그때마다 거센 바다는 눈앞에서 평탄해지고 괴물들은 그가 지나가는 주위에서 날뛰며 놀았다고 한다.

4. 데메테르(Demeter)

제우스 신의 누나이며 농업의 여신으로 곡물의 성장을 주관한다. 크로노스와 레아 사이에서 태어났다고 한다.

5. 아테나(Athena)

지혜의 여신이자 전쟁과 평화의 여신으로 아테나는 제우스의 머리에서 완전히 무장한 모습으로 태어났다. 제우스는 아테나를 임신했던 메티스를 통째로 삼켜 버렸는데, 그것은 "아버지를 몰아낸 자는 그 아들에게 쫓겨난다."라는 가이아의 예언이 두려웠기 때문이라고 한다.

시간이 흘러 제우스가 심한 두통을 호소하자 헤파이스토스가 도끼로 제우스의 머리를 갈랐는데, 거기서 아테나가 태어났다고 한다. 아테나가 종애한 새는 올빼미였고 그녀에게 바쳐진 식물은 올리브다. 아테나는 거인 팔라스를 죽이고 그 껍질을 벗겨 갑옷을 만들고 그녀가 가진 물건은 창과 방패는 아이기스였고, 그 방패의 표면에는 보는 사람을 모두 돌로 변하게 하는 메두사의 머리가 붙어 있다고 한다.

6. 아폴론(Apollon)

태양의 신으로 궁술과 예언과 음악의 신, 의술의 신이다. 제우스와 레토 사이에 태어난 아들로 아르테미스의 쌍둥이 오빠이다. 아폴론은 신 중에서 가장 뛰어난 외모와 큰 키, 굽이치는 고수머리를 가지고 있으며, 성격은 침착하고 차분하고 올림포스에서 제우스 다음가는 권력을 가진 신이다.

7. 아르테미스(Artemis)

달의 여신, 사냥의 여신, 출산의 수호신으로 그녀의 어머니 레토는 제우스의 사랑을 받아 쌍둥이를 잉태하였지만 헤라 여신의 질투로 아이를 낳을 장소를 찾지 못하다가 최후에 델로스섬에서 아르테미스와 아폴론을 낳았다. 아르테미스는 많은 님프를 거느리고 산야를 뛰어다니며 사냥하기를 좋아했고 정결의 상징이며 처녀성과 순결을 지키는 여신이다.

8. 아레스(Ares)

전쟁의 신으로 제우스와 헤라의 아들로 그는 갑옷을 입고 투구를 쓰고 방패를 갖고 창과 칼을 휴대하고 있다. 호전적이지만 아름다운 모습을 가진 청년으로 여신 아프로디테의 사랑을 받아 그녀의 애인이 된다. 그의 주위에는 걱정의 신 데이모스, 공포의 신 포보스, 불화의 신 에리스 그리고 싸움의 여신 에니오가 따르고 있다.

9. 헤파이스토스(Hephaestus)

화산과 대장간의 신으로 건축 기사이자 대장장이이고 갑옷 제조자이고 이륜 전차 제조자로 올림포스에서는 무엇이든지 할 수 있는 명공이다. 그는 신들의 집을 지어 주었으며, 황금으로 신들의 구두도 만들어 주었다. 헤파이스토스는 제우스와 헤라 사이에서 태어났다. 그는 태어나면서부터 절름발이였기 때문에 헤라는 보기 싫은 아들을 천상에서 내쫓았다. 제우스와 헤라가 부부싸움을 하였을 때 헤파이스토스가 그의 모친 편을 들었으므로 제우스가 그를 하늘에서 떨어뜨렸기 때문에 절름발이가 되었다고도 한다.

고대 아고라의 헤파이스토스 신전 (Temple of Hephaestus) 아고라 서쪽 끝에 있는 신전으로 기원전 449년에 세워졌으며 세계에서 가장 잘 보전된 그리스 신전 중의 하나이고 비록 지붕은 원형대로 복원되었으나 원형 그대로 보존된 신전으로 당시의 건축 기술을 직접 볼 수 있다.

10. 아프로디테(Aphrodite)

사랑과 미의 여신으로 아프로디테는 케스토스라고 하는 자수를 놓은 띠를 가지고 있었는데 이 띠는 애정을 일으키게 하는 힘을 가진다고 한다. 그녀가 총애한 새는 백조와 비둘기였고 그녀에게 바쳐지는 식물은 장미와 도금양이었다. 제우스는 헤파이스토스가 번개를 잘 단련한 것에 대한 보답으로 아프로디테를 아내로 맞게 해 주었는데 가장 아름다운 여신이 가장 못생긴 신의 아내가 된 셈이다.

11. 하데스(Hades)

죽은 자의 신이며 저승의 지배자이다. 하데스는 크로노스와 레아의 아들로 제우스를 도와 티탄족을 정복한 뒤 저승 세계를 지배하게 되었다. 가혹하고 냉정한 신으로 묘사되곤 하지만, 결코 사악하고 부정을 저지르는 악마적인 신은 아니다. 곡식의 신 데메테르의 딸 페르세포네를 납치해 아내로 삼기도 하였다.

이 신전은 '티시온'이라고 불리는데, 그리스의 영웅 테세우스의 뼈가 묻혀 있다고 믿기 때문이다. 그러나 실제 테세우스의 뼈는 기원전 5세기에 아크로폴리스에 묻혀 있고 대장장이의 신 헤파이스토스에게 바쳐진 신전이다.

12. 헤스티아(Hestia)

불과 화로의 신이자 가정의 수호신. 크로노스와 레아 사이에서 태어난 제우스의 누이. 헤스티아는 고대 그리스어에서 '화덕' 또는 '화로'를 상징한다. 화로는 고대 그리스에서 가정의 중심이었으므로 이 여신은 가정의 수호신으로 숭배되었다. 신 대부분이 편을 갈라 참여했던 트로이 전쟁 때도 올림포스에 남아 있었다고 한다. 올림포스의 12신에 포함이 되었지만, 조용한 성격 때문인지 기원전 5세기경 디오니소스에게 자리를 내어주었다고 한다.

- 고대 아고라 유적지

고대 아고라는 아테네의 아고라가 원조 격이며 시장의 기능뿐 아니라 시민들의 토론장, 정치적·상업적·경제적·문화적 활동 공간이며 아테네의 중심 도시로 그들의 생활 터전이었고 소크라테스나 플라톤도 그의 철학과 학문을 여기에서 강의하고 토론한 장소이기도 하다. 기원후 49년 사도 바울이 기독교 복음을 전한 곳이기도 하다.

13. 헤르메스(Hermes)

신들의 전령이며 상업의 신이다. 길과 여행자를 지키고 행운을 가져다주며 도둑과 나그네의 수호신이기도 하다. 제우스와 마이아 사이에서 태어났으며, 그는 부친 제우스의 사자로서 날개 달린 모자를 쓰고, 날개 달린 샌들을 신고, 모습을 감춰 주는 투구를 쓴 채 바람처럼 세상을 돌아다닌다. 손에는 두 마리의 뱀이 몸을 감고 있는 케리케이온이라는 지팡이를 가지고 있다.

14. 디오니소스(Dionysos)

술의 신이며 포도와 포도주의 신이다. 디오니소스는 제우스와 세멜레 사이에서 태어난 아들로, 술에 취하게 하는 힘을 상징할 뿐만 아니라 술의 사회적인 좋은 영향력도 상징하고 있으므로 문명의 촉진자, 입법자 또 평화의 애호자로 생각되고 있다고 한다.

· 바람 신의 탑(Tower of Winds)

로만 아고라의 끝자락에는 서기 1세기 천문학자 안드로니코스가 세운 첨성대로, 팔방 위에 맞추어 팔각형의 탑이 원형 그대로 보전되어 있다. 해시계, 물시계, 풍향기 등으로 천문을 관찰하였으며 팔각형 기둥의 끝부분에는 팔방 위에 맞추어진 그림들이 새겨져 있다.

그리스 역사를 공부하느라 피로에 지친 몸은 노천카페에서 커피 한 잔으로 달래고 우린 쇼핑을 즐긴 후 일행들과 선박으로 돌아왔다. 승객들을 위하여 Captain 초청 연회를 참가하기 위하여 서둘러 준비했다.

오늘 밤은 Captain 초청이 있는 날이다. 8일 아침이면 이 정든 크루즈 여행도 1 Voyage 탑승 승객은 이별해야 하기에 그 승객들을 위한 Good Bye 파티이다. 캡틴이 모든 승객에게 무료로 무한정 칵테일 파티를 열어 준다. 우리도 한자리에 동참하여 파티를 즐겼다.

600명이나 되는 승조원 전원이 나와서 Good Bye 인사를 하는 모습들이 정말 멋있고 그동안 한 번이라도 만났던 승조원을 만나면 반가운 인사를 나누었다.

제9화
그리스 아테네 2

11월 8일 Athene, Greece (2)

오늘은 1차 항해가 끝나는 날이다.
아침을 먹고 2 Voyage인 우리는 제
외되지만, 1 Voyage를 신청한 승객
들은 모두 10시까지 하선해야 한다.
오늘 아침은 며칠 전 Dinner 만찬
때 만난 미국 친구(?)가 오늘 하선한
다고 우리와 함께 아침 식사를 하면
서 석별의 정을 나누었다.

뉴욕에서 살다가 이젠 은퇴하여
라스베이거스 근처에서 살면서 아들
딸네 집을 순회하며 생활을 즐긴다
고 했다. 한국에 올 기회가 있으면 연
락하라고 서로 주소를 주고받았다.
이 부인은 참으로 교양이 있었다. 어
느 날 밤, 파티에서 우리 집사람이 함
께 춤을 추자며 스테이지로 올라갔는
데 우리 집사람이 즐거워하는 모습을

보고 피곤한데도 끝까지 장시간 동안 같이 보조를 맞추어 디스코를 춰 주는 배려를 보고 정말 교양 있는 분이라고 생각했다.

단순히 크루즈에서 만난 사람인데 이렇게 세심하게 생각해 주는 교양이 생활의 여유에서 온다고나 할까.

10시까지 하선하는 승객들을 보면서 아테네 자유 투어를 위하여 크루즈선을 떠나려고 하는데 택시가 파업한다는 선내 멘트가 나온다. 실제로 택시 정류장에 가니까 택시들은 영업하겠다고 줄을 서 있는데, 데모하는 군중들은 택시의 보닛 위에 물건을 올려놓고 택시가 움직일 수 없도록 택시 운영을 방해함으로써 데모에 동참하는 것이었다.

그래도 오늘 우린 City Tour Bus를 타고 아테네 자유 투어를 즐기기로 했다. 부두 옆에는 12만 톤급의 대중적인 크루즈 선도 있었다. 시티 투어를 타고 어제 보았던 관광지를 제외하고 가고 싶은 곳에 내렸다가 다시 버스를 타고 이동하면 된다.

시티 투어 버스를 타고 시간을 가지고 시내 전경을 촬영하며 여러 곳을 보고, 경비를 적게 들이고, 알차게 구경할 수가 있어 좋았다. 가이드가 없을 경우에는 시디 투이 버스를 자주 찾아도 좋을 것 같다.

오래된 건물들이 새롭게 단장되어 시야에 들어오는데 한때는 역사적인 사연이 서려 있을 것을 생각하니 하나하나가 신기롭기만 하다.

요트 계류장인 것 같은데 많은 선박이 보이지 않는다. 선박왕 오나시스가 지배하던 그리스가 아닌 것 같았다. 그만큼 요즈음은 그리스 경제가 포퓰리즘으로 많은 타격을 받고 있다고 한다.

그리스 시내에서는 큰 승용차는 보이지 않고 소형차가 대세를 이루고 배터리 차도 간혹 보여서 정말 실용적인 사회인 것 같다. 우리나라에는 아직 전기차가 상용화되지 않고 있는데 이곳은 벌써 대중화 기미가 보이고 있었다.

1896년 근대 올림픽의 창시자인 피에르 드 쿠베르탱(Pierre de Coubertin, 1863.1.1~1937.9.2)에 의하여 새로운 올림픽 발상지로 파나테나이 스타디움은 탄생되었고, 올림픽 성화는 그리스 주변을 이동하던 고대 올림피아 유적지를 지나 마침내 새로운 개최국으로의 공식 양도식을 위해 파나테나이 스타디움에 도착하여 인계된다.

1896년 4월 6일부터 4월 15일까지 그리스 아테네에서 개최된 근대 올림픽 제1회 대회가 열렸던 역사적인 스타디움이다. 그리고 아테네 마라톤의 결승점이 있는 스타디움으로 근대 올림픽의 성지이다.

그 유명한 신타그마 광장 건너편에는 세계 100대 호텔에 속하는 Grande Bretagne Hotel이 있는데, 그리스를 방문하는 국가 원수, 고위 관료의 숙소로 유명하다. 그런데 외형상으로는 여느 호텔과 비슷한데 그 비결이 무엇인지 궁금하기도 하였다.

하늘을 의미하는 플라톤과 땅을 의미하는 아리스토텔레스의 동상이 서 있는 아테네 학당도 보였다. 아테네 학당의 내부는 볼 수 없어 아쉬움이 컸다. 모든 유적지의 옛 모습을 복원하기 위한 작업이 곳곳에서 펼쳐지고 있었다.

여기까지 시티 투어 버스를 타고 와서 아테네 고고학 박물관을 지나 제우스 신전 앞에 내려 근처를 관광하였다.

· 제우스 신전
(The Temple of Olympian Zeus)

올림피에이온(Olympieion)이라고도 불리는 신전으로 로마 황제 하드리아누스(재위 117~138) 완성되었으며, 착공은 기원전 515년 아테네 지도자 페이시스트라토스가 착공했으나 그의 실각으로 중단되었다가 무려 700년 만에 완공한 이 신전은 기둥이

107개나 되는 거대한 신전으로 파르테논 신전보다 더 웅장했다고 한다.

지금은 15개의 기둥뿐이다. 왼쪽에 13개, 오른쪽 옆에 2개가 남아 있다. 제우스 신전은 원래 올림피아에 헤라의 신전과 함께 세워져 있으나, 이 제우스 신전은 올림피아의 제우스 신전을 아테네에 재현한 것으로 그만큼 아테네가 비중이 큰 도시국가였음을 말해 주는 것 같다.

· 하드리안의 문 (Arch of Hadrian)

제우스 신전 서쪽 반대편에 아치형 문으로, 131년 로마 황제 하드리아누스의 명예와 은혜를 기리기 위하여 아테네 시민이 건축한 것으로 추측하며, 문의 서북쪽에는 "여기는 테세우스의 고대 도시 아테네입니다." 라고 새겨져 있고 반대쪽에는 "테세우스가 아닌 하드리안의 도시입니다."라고 새겨져 있다.

로마 하드리아누스 황제는 재위 동안 오현제의 한사람으로, 선제 트리아누스의 치적을 따라 방위를 강화하고 국력을 키운 황제이며, 브리타니아에는 장성 하드라이누스 성벽, 게르마니아에는 방벽을 강화하고 속주 여러 도시에 신전과 제도를 개선하여 로마 제국의 기초를 다졌다. 그는 특히 문화, 회화, 산술, 로마법 등 학문을 좋아했고 학자를 우대하였다고 한다.

· 시티 투어 버스

우리는 제우스 신전을 다 보고 다음 목적지로 가기 위해 버스를 기다리고 있다. 언제나 관광객이 많아 버스는 자주 돌아오고 있었다.

http://cafe.daum.ne

· 행, 불행한 오나시스의 이야기

그리스 하면 선박왕 오나시스 이야기를 빼놓을 수 없다. 그리스의 아리스토텔레스 오나시스는 1.5억 파운드의 재산을 소유한 부자였고, 세상을 떠나며 5억 달러에 달하는 유산을 남겼다. 오나시스는 사람들이 놀랄 정도로 뛰어난 기억력의 소유자였으며 영어, 불어, 이탈리아어, 독일어, 터키어 등 여러 나라 언어에 능통했고, 분석 능력이 뛰어나 성격은 물론 때로는 상대방의 재산까지도 가늠하고는 했다.

1906년 1월 15일 터키 이즈미르에서 부유한 담배 상인의 아들로 태어나, 1922년 터키인의 이즈미르 점령 때 전 재산을 몰수당하고 그리스를 거쳐 아르헨티나로 이주하여 아시아 담배·양털·피혁 등을 취급하는 수입상을 경영하여 재산을 모았다. 1939년 그리스 최초의 탱커 선주가 되었다. 30~40년대 선박왕으로 크게 성공하여 오나시스 패밀리 해운 왕국을 구축하였으며, 50년대는 해운업의 붐을 타고 거액을 벌어들여 세계 30대 재벌에 오르게 된다.

http://cafe.daum.net/sonamu-1

주위에는 수많은 여자가 있었고 3명의 부인이 있었으며 첫 번째 부인 아시나 리바노스와는 딸의 이름을 딴 호화 요트, 크리스티나호 일명 "떠다니는 궁전"에서 사랑하는 연인 오페라 가수 마리아 칼라스와의 바람기 때문에 이혼하였으며, 두 번째 부인은 그 유명한 재클린 케네디로서 1968년에 결혼하여 세계의 이목이 집중되기도 했으나 오래가지 못하였으며 결국, 그를 사랑한 마리아 칼라스와 그 후 다시 만나 1975년 아들이 비행기 사고로 사망한 사건에 충격을 받고 심장마비로 사망할 때까지 그의 임종을 지켜보는 마지막 여인이 되었고, 마리아 칼라스도 우울증에 걸려 2년 후 1977년 심장마비로 사망하게 된다.

이렇게 해서 세기의 부호이자 바람둥이인 오나시스의 행과 불행이 신화처럼 이루어지는 이야기가 새롭게 생각된다. 오나시스 아들의 이름을 딴 알렉산더 재단은 2006년 아테네에서 〈아리스토텔레스 오나시스, 그 신화를 넘어〉라는 제목으로 오나시스 탄생 100주년 기념 전시회를 열었고, 그의 격정적인 생애와 업적을 기렸다.

전시회에는 전설적인 소프라노 마리아 칼라스, 케네디 대통령 부인 재클린 오나시스 등 그의 연인들 관련 각종 유품 및 자료 500점을 선보인다. 칼라스가 즐겨 연주하던 피아노, 오나시스가 보낸 사랑의 편지들과 메모, 시가 라이터와 담배 상자, 염주, 지도에서 사용하던 자석이 달린 모형배 등은 그를 기억하는 그리스인들에게 향수를 불러일으키고 있다.

· 사상 최대의 상속녀 오나시스의
  딸, 아티나 루셀 오나시스

오나시스가 75년 사망하면서 재
산을 물려받은 외동딸 크리스티나가
88년 아르헨티나의 한 별장에서 37
세로 요절하면서 시작됐다. 24억 달
러(2조 4천억 원)에 달하는 크리스티나
의 유산은 당시 3세인 외동딸 아티나
에게 상속됐지만, 18세가 될 때까지
아버지 티에르가 유산 관리를 맡게
됐다. 역시 그의 허무한 삶은 또 하나
의 신화로 남아 있을 뿐이었다.

우린 시티 투어 버스를 타고 아테
네 시민들의 삶의 중심인 모나스티라
키(Monastiraki) 광장으로 갔다. 모나스
티라키 광장은 벼룩시장도 열리고 시
민들이 작은 공연도 하며, 싼 과일들
을 파는 노점상은 물론 밤이면 주변
에 늘어선 노천 식당은 불야성을 이
루고, 멀리 보이는 파르테논 신전의
잔영이 아름답게 보이던 광장이었다.

우린 오늘의 마지막 코스로 케라메이코스(Kerameikos)를 찾아갔다. 고대 아테네 시대 최대 규모를 자랑하는 드넓은 묘지의 유적으로, 무덤에서 나온 유물들은 박물관을 만들어 보관하고 있다고 한다.

기원전 11세기에 시작된 묘지로, 기원전 478년 아고라를 보호하기 위한 벽이 건설되었으며, 아테네인들이 죽은 사람들을 도시 밖에 묻었다고 한다. 1862년 도로를 건설하다가 발굴되었으며, 1937년 개관한 박물관은 4개의 전시실에 무덤에서 나온 동상, 그릇 및 기타 장례식 제품들로 채워져 있었다.

우린 이것으로 신화와 함께 살아가는 그리스의 아테네 관광을 마치고 그들의 삶에서 깨어나 찬란했던 그 문화가 로마 유럽 문화를 꽃피우는 원동력이 된 위대한 유산들을 감탄하면서 크루즈로 돌아와 오늘도 보람 있는 하루를 보냈다.

그리스 아테네의 잔영

신들이 살아 숨 쉬고
플라톤이 연설하고
아테나가 지켜 주는
영원한 유토피아를 누리는 곳

지금도 바울의 소리가 들리고
진리는 아고라에서 메아리치는데
멀리서 사라져 버린
아름다운 영혼들이여

천상을 오가며
천하를 휘두르던 제우스
그대 영웅이 되어
여기서 안식을 취하는가

세월이 지난
어느 나그네의 발걸음이
이렇게 선명하게
그대 이름을 불러 보는데

악법으로 사라져 간 소크라테스도
메테우스의 용감함도
함께 영원히 지워지지 않는
양파 같은 아테네여
그댄 언제나 내 곁에 있으리니.

제10화
에게해를 가로지르다

오늘은 새로운 승객을 싣고 아테네를 출항하여 에게해를 통과한 후 지중해로 들어가 647mile을 항해하여 이탈리아 소렌토에 내일 아침이면 도착한다.

오늘 하루는 선상에서 보내야 하는 일정이다. 우린 그동안 강행군한 일정 때문에 오늘은 늦잠을 자면서 그간의 피로를 풀고 충분히 휴식을 취하기로 했다.

에게해의 따스한 햇볕을 받으며 달리는 선상에서 여유로운 시간을 보내는 것도 행복한데, 오늘따라 바다도 잔잔하니 금상첨화다.

베란다에 누워 책을 읽다가 단잠
에 빠진 집사람을 보고 행복을 느꼈
다. 삶을 숨 가쁘게 달려온 나날들이
주마등처럼 스쳐 갈수록 지금의 조그
마한 여유들이 한없이 행복감으로 찾
아 드는 것은 그만큼 지나온 날들이
무거웠다는 것이 아닐지.

단잠에서 깨어나 보니 출출한 기
분이다. 우린 Horizons Room으로
올라가 커피를 마시고 간단한 간식을
먹은 후, 선내 산책을 하며 시간을 보
냈다.

선박은 조용히 항해하는데 각자
취미에 맞추어 요리반, 어학반, 미술
반, 사우나반, 수영반, 태닝반, 대화
반, 빙고반, 칵테일반, 조깅반, 스포
츠반 등 다양한 프로그램에 참여하여
시간을 보내는데 우린 아무 반에도
참여하지 않고 정말 자유스럽게 하루
를 푹 쉬면서 보냈다.

지중해를 항해 중인 선수에서 시간을 보내니 조용한 바다를 미끄러지듯 움직이는 크루즈의 안락함은 바로 천상의 여유로움인 것 같았다. 태닝을 즐기고 있는 승객들이 많았으나, 오늘은 바다 기온이 조금 내려가서 수영하는 승객이 적어 보였다.

점심 시간이 되자 우리 집사람은 정장을 차려입고, 마치 외출을 나와 외식하는 것처럼 식당을 찾아 맛있는 점심을 먹고 시간을 보냈다.

오후에는 이곳 부티크(Boutiques)에서 판매하는 상품들을 가지고 여기 승무원들을 모델로 한 패션쇼를 보며 즐거운 한때를 보냈다.

선내 선원들이 펼치는 패션쇼는 진지하고 다채로웠다.

우리 집사람 입맛에 맞는 미국 스타일의 카푸치노를 제일 잘 만드는 Front Bar에서 카푸치노를 즐기고 시간을 보냈다.

새로운 승객들의 면면은 저번 항해 때보다는 조금 젊은 느낌이 든다.

지난번 승객의 75%는 미국, 캐나다 승객이고 평균 연령이 70세였다면, 이번 승객도 80%는 미국, 캐나다 승객이고 평균 연령은 65세 정도이다. 물론 어린이와 미성년자는 보이지 않는다. 승객의 그런 기준은 없지만, 선내 분위기를 맞추기 위하여 사양하는 것 같았다. 조용하고 품위를 지키는 보보스 클럽 같은 분위기를 위해서인지 모르겠다.

조깅을 하는 사람, 수영을 하는 사람, 태닝을 하는 사람 등등 취미에 맞추어 여유로운 시간을 보내는 것 같았다.

오늘 바다는 정말 조용하다 육상의 한 수영장에 나와 있는 느낌이다.

오늘 저녁은 캡틴이 초청하는 파티가 있는 날이다. 웰컴 파티(Welcome Party)는 선장이 승선을 축하하기 위하여 모든 승객을 초청하여 칵테일이나 간단한 먹을거리를 제공하는 파티이다.

우리도 오늘은 정장을 착용하고 참석하였는데, 선장과 매니저 등과 함께 사진 찍을 기회가 있어 행운이 있는 날이었다.

파티가 시작되기 전 우린 또 다른 행운이 찾아온 것 같았다. 옆에 앉은 승객이 "안녕하세요."라고 서투른 우리말로 인사를 한다.

1964년도 문산에서 6개월간 한국에서 근무했다는 미국 사람을 만나 인사를 나누고 감사의 인사도 했다. 한국에서 근무한 게 꽤 오래된 일이고 워낙 짧은 기간을 머무른 터라 "안녕하세요."라는 말밖에 기억이 나지 않는다고 겸연쩍어하는 미국 사람을 만나니 반갑고 고맙다.

《 사진의 키 큰 미국인

http://cafe.daum.net/sonamu-1

부인들도 반가워했으며 한국의 발전상에 경의를 담은 찬사가 그칠 줄 몰랐다. 78세지만 건강해 보이고 활달해 보이는 이들에게서 우리도 78세가 되면 이렇게 깨끗하게 늙어 갈 수가 있을까 부러움이 앞섰다.

대체로 건강관리를 잘해서 그런지 이곳 승객들은 80세에 가까운 나이에도 건강하게 여행을 즐기는 것을 보고 우리도 이젠 늙었다고 말할 수 없다고 느꼈다. 우리를 보고 다정하게 앉으라면서 손수 사진 촬영도 해주는 고마움에 연신 "Thank you."만 연발했다.

오늘의 호스트인 선장이 선내 간부들만 불러내어 차례로 인사를 시켜주는데 국적이 하나같이 같은 간부들은 없었다. 선장은 이탈리아, 일등항해사는 그리스, 세퍼는 프랑스인 등 등 64개국 승조원들이 모여 근무하고 있으나 한국 국적의 승무원은 없었다.

드디어 파티가 시작되고 여흥을 위해 공연단들의 공연도 이어지면서 오늘 하루도 즐겁게 마무리했다.

에게해의 단상

수평선 너머
하염없는 상념들
천년을 기다렸다가

뜨거운 절규가 되어 부르네
천태만상의 파형은
생에의 굴곡이련가
오묘한 질서 속에
잃어버린 영원한 진리

밀려나고 밀려드는
무한의 연속은
심저의 껍질 속에
태초의 비밀을 간직한 채
동의 세계에 속해 버린 너

여기에 인생이 있었고
여기에 낭만과 젊음이 있었고
진정 고달픈 삶이 있었노라고

면면
내일이 되면
언제나 풀 길 없는
영원한 수수께끼들.

제11화
이탈리아 소렌토 카프리섬

절벽 위의 도시 소렌토는 고대 로마 시대부터 이름난 관광 명소이다. 이탈리아 사람들의 신혼여행지로 시칠리아섬 다음으로 꼽히는 휴양 도시가 바로 소렌토다.

그만큼 절벽에서 내려다보이는 지중해의 코발트색 바다의 낭만이 아름다움을 더해 주고 날씨도 항상 태양과 함께하니 휴식하기에는 최적의 장소인 것 같다.

아침에 눈을 뜨니 배는 외항에 정박 중인데 보이는 경치는 온통 절벽 위에 방갈로 같은 집들이 띄엄띄엄 있는 것을 보니 절벽 위의 도시인 것 같다.

우린 아침을 서둘러 먹고 소렌토 구경을 포기하고 (몇 년 전에도 한번 다녀 본 곳이다) 카프리섬으로 가는 조에 속해 페리를 타기 위하여 배에서 내려 구명정(Life Boat)을 타고 소렌토에 상륙했다.

소렌토항에 도착해 보니, 카프리 행 페리가 우리를 기다리고 있었다. 우리가 크루즈선에서 타고 온 구명정 으로 20명쯤이 정원인 것 같았다.

정말 소렌토는 지중해 바닷가의 절벽 위에 세워진 아름다운 해안선 을 가진 도시이다. 태양과 푸른 바다, 〈돌아오라 소렌토〉라는 민요 덕분인 지 관광객이 수많이 찾는 관광지다.

우린 부두에서 조금 기다린 후 카
프리섬으로 가는 페리를 타고 카프리
로 향했다.

20분을 지중해를 항해하니 카프리
섬이 눈앞에 펼쳐지는데 용암으로 이
루어진 섬은 분명 이곳도 역시 휴양
도시인 것 같다.

카프리섬은 온난한 기후와 에메랄
드 같은 바다와 아름다운 화산섬에
올리브나무 속에 숨어 있는 아름다운
경치 때문에 예부터 명소로 이용되어
고대 로마 황제 아우구스티누스와 티
베리우스 황제의 별장이 지금도 남아
있다고 한다.

또한, 찰스 황태자와 다이애나 황태자비의 신혼여행지로도 기억되는 관광지다. 예부터 푸른 동굴이라는 별명을 가질 정도로 아름답고 온화한 관광지로, 섬에는 몇 개의 미슐랭 식당들이 있어 미각으로도 최고의 관광지로 꼽힌다고 한다.

마리나 그란데 항구에서 구불구불한 산복 도로를 전기차로 올라가다 보면 절벽 길의 아슬아슬한 맘마미아라는 도로를 지나면 산 중앙 광장에 도착한다.

화강암을 뚫고 만든 맘마미아 도로가 보기에도 아찔하다. 그리스신화에 따르면 세이렌이 선원들을 꾀어 죽음에 이르게 만든 곳이 바로 이곳이라고 한다.

산의 중앙 광장에는 솔라로산 정상까지 가는 Alla Seggiovia에서 의자 리프트를 타고 발아래로 펼쳐지는 아름다운 전경을 보면서 전망대에 올랐다.

　10여 분 이상 리프트를 즐기는 동
안 카프리의 아름다운 경치를 만끽할
수 있어서 좋았다. 반대편의 아나카프
리가 조용하고 더 아름답다고 한다.

　카프리섬의 그림 같은 하얀 집들
이 모여 있는 별장지 마을이 발아래
에 펼쳐지고 푸른 바다의 아름다운
풍광과 함께 어우러져 한 폭의 그림
과 같았다.

　솔라로산 전망대에서 보면 아나카
프리와 카프리항을 볼 수 있다. 카프
리는 우리가 도착하여 여기까지 올라
오면서 보았던 경치들이고 언덕 너머
남쪽에 아늑하게 자리한 항구가 아나
카프리이다.

아래 보이는 카프리가 아나카프리로, 카프리보다 아늑하고 현지 주민들이 오랫동안 살아오던 터전으로 카프리보다 살기가 더 좋은 곳이라고 한다.

푸른 바다와 절벽으로 이루어진 전망대는 보기에도 한 폭의 그림 같았다.

전망대 북쪽 끝은 정말 아찔한 절벽이다. 화산섬에다 이렇게 가파른 산들이 있어 더욱 아름나운 것 같다.

우리 집사람은 마냥 신이 나서 포즈를 잡는다.

절벽 아래 푸른 바다가 태양을 먹은 모습이 더 아름답다. 내려오면서 산 주위를 살펴보니 섬 전체가 용암으로 인해 생성된 화강암 종류이기에 이탈리아 석(石)으로도 유명한 돌섬이다.

다시 카프리로 내려와 명품 숍이
즐비한 상가를 아이 쇼핑을 하다가
초로 만든 장식품들이 너무 화려해서
자세히 보니 꽃장식 같지만, 원료는
초로 이용하여 만든 작품들이었다.

우리가 오전에 도착한 시간에는
한가하게 요트가 정박해 있었는데 오
후에는 출항하고 보이지 않았다.

그림 같은 별장들이 즐비하고, 날
씨도 좋고, 경치도 너무 아름다워 여
기에서 살았으면 하는 헛된 욕심도
가져 보았다. 정말 신이 만들고도 그
아름다움에 놀랐다는 카프리섬이다.

아나카프리는 가 보지 못했지만 빌라 산 미켈레는 방문하길 바란다. 스웨덴의 의사인 악셀 문테가 로마 황제 티베리우스의 저택 폐허 위에 지은 건물로, 정원은 고대 이집트와 그리스 로마의 다양한 유물들, 조각상 그리고 예술 작품들로 꾸며져 있다고 한다.

우린 자유 시간을 갖고 골목길로 이어지는 섬의 곳곳을 걸어서 구경하다 명품 숍들이 즐비한 골목을 지날 때는 역시 여유 있는 사람들의 생활 공간이라는 생각이 들었다.

열대수와 잘 어울려진 건물들은 제각각의 역사를 간직하고 있는 건물들이라 궁금증이 더해진다. 소렌토처럼 길이 좁고 일방통행을 하는 곳이다.

그리스풍의 건물들이 즐비한 것으로 보아 이탈리아의 문화는 그리스 문화의 근간을 이루고 있었다.

우리가 점심을 먹었던 노천 식당은 관광객으로 붐비고 아름다운 꽃들과 관광객들이 동화되어 하나의 스토리를 만들어 내는 것 같았다.

소렌토처럼 절벽 위에 지어진 집들이 너무나 아름답다. 그것도 바위산과 지중해의 푸른 바다를 보면서 ~~ 그래서 로마의 황제들이 앞을 다투어 별장을 만들었다고 한다.

우린 자유 시간을 갖고 점심을 먹고 나서 카프리섬을 떠나 소렌토로 돌아오는 언덕 위에 지은 쏘렌토의 별장지도 아름다워 보였다.

우리가 타고 다니는 크루즈선 오세아니아호의 모습이 보이고 우린 배로 돌아왔다. 소렌토 하면 〈돌아오라 소렌토로〉라는 나폴리 가곡을 빼놓을 수 없다.

소렌토의 입출항하는 부두로 카프리행 페리도 여기에서 출발한다. 〈돌아오라 소렌토로〉의 작곡가인 데쿠르티스는 당시 불과 27세의 나이에 이 곡을 발표하여 이탈리아 전 국민의 인기를 얻었다.

1902년 9월 15일 이탈리아의 수상 자나르델리는 재해 현장을 순방하는 길에 소렌토의 임페리얼 호텔에 묵게 되었다.

당시 소렌토에는 훌륭한 호텔은 있었지만 우체국이 없었기 때문에 소렌토 시장을 역임하고 있던 호텔 주인 트라몬타노는 수상에게 우체국을 하나 세워 줄 것을 청원했다.

수상이 우체국을 세워 주겠다고 하는 약속을 잊지 못하도록 시장은 데쿠르티스 형제를 불러 즉시 노래를 하나 만들도록 했다.

소렌토의 바다가 내려다보이는 호텔의 발코니에서 앉아 불과 몇 시간 만에 형은 작시를 동생은 작곡을 하여 노래를 만들고, 수상이 소렌토를 떠날 때 나폴리의 한 소프라노에게 이 아름다운 노래를 부르게 했다고 한다.

〈돌아오라 소렌토로〉의 가사

아름다운 저 바다와 그리운 그 빛난 햇빛, 내 맘속에 잠시라도 떠날 때가 없도다.

향기로운 꽃 만발한 아름다운 동산에서 내게 준 그 귀한 언약 어이하여 잊을까.

멀리 떠나간 그대를 나는 홀로 사모하여 잊지 못할 이곳에서 기다리고 있노라.
돌아오라, 이곳을 잊지 말고.
돌아오라, 소렌토로 돌아오라.

· 절경 위에 세워진 건물들

소렌토 해변에는 1812년 세워진 고급 호텔 '트라몬타노'가 있다.

이 호텔은 나폴리만을 배경으로 하는 지중해의 절경이 한눈에 들어온다는 것이 특징이다. 괴테, 바이런, 스콧, 셸리, 키츠, 롱펠로, 입센 등 수많은 문인이 이곳에서 절경을 보며 감탄사를 연발했다고 하며 Imperial Hotel Tramontano는 지금까지도 영업하고 있다고 한다.

이것으로 이탈리아에서의 첫 밤을 지냈다.

카프리섬의 잔영

화강암은 그대로인데
꽃이 피고 파도가 일렁이면
그러나
감정은 희망과 애원과 환희가
뒤엉켜 인간을 노래하네

발아래 내려다보이는 자태는
망부석처럼
원한과 격랑의 소용돌이가 되어
영원을 잠재우던 숱한 사연들과 함께
이젠 님의 여린 숨결로 남았네

푸르디푸른 바다에 터져버린 가슴은
임 그리워 먼 길손 되어
세월에 적셔진 향 내음을 풍기네

그 누가
피서의 여인이라 했던가
조용한 오후의 스잔한 가을을 재촉하더라도
임이 머물다 간 자리는
행복과 교차되어
가다가다 뒤돌아본
아름다운 그 그림자
이젠
아쉽게 떠난 임이라도
티베리우스의 친구가 되어 영롱한 진주로
가슴 속 깊이 구슬같이 박히니
임이 머물던 자리는 행복이었다네.

제12화
이탈리아 로마

11월 11일 Rome, Italy

이탈리아의 경제, 정치, 행정의 중심 도시이며, 수도로서 세계적으로 축복받은 도시인 로마는 기원전 7세기 이후 근대 공화정이 구성되기까지는 도시국가 이름이다.

로마 제국은 그리스도교의 완성과 확장으로 세력을 넓혀 왔으며, 유럽 전체에 영향력이 대단하였고, 서구 문화의 근간을 이루었다. 로마에서 동로마로, 동로마에서 서로마로, 서로마에서 이탈리아라는 과정을 거치면서 로마는 관광, 문화, 패션의 세계적인 리더로 군림하게 되었다.

항구 도시 시비타베치아(Civita-
vecchia)는 로마의 해상 관문으로 로
마의 모든 물동량이 이곳에서 이루어
지며 로마와는 약 1시간 거리에 있는
항구이다. 로마가 이렇게 해안 가까
이에 자리하는 줄은 이번에 처음 알
았다.

소렌토에서 160mile을 달려와서
이곳에 정박하니 하늘은 먹구름과 가
랑비가 내리고 있다.

예전에는 플라미나아 문이라고 불
렀고 고대의 플라미니아 거리를 남하
하여 내려오면 이 플라미니아 문에
이르러 로마로 들어올 수 있었다고
한다. 말하자면 여기가 로마의 현관
이었던 것이다.

16세기 교황 비오 4세는 건축가
나니 디 바치오 비지오에게 "포폴로
광장을 통해 로마에 첫걸음을 내딛는
순례자들에게 깊은 인상을 줄 관문을
만들라."라고 지시를 내려 제작됐다
고 하며 처음에는 플라미니아가도의

출발점이라는 뜻에서 포르타 플라미니아로 불렸지만, 나중에 이름이 포르타 포폴로로 바뀌었다 한다.

이 문을 지나간 사람 중에 가장 유명했던 인물은 스웨덴의 크리스티나 여왕으로, 그는 1655년 가톨릭으로 개종하여 왕위를 포기하고 이 문을 통해 로마로 들어갔으며 당시 베르니니가 교황의 지시에 따라 여왕의 로마 방문을 환영하면서 출입구에 온갖 장식을 다 붙였다고 한다.

이 같은 성대한 환영에 감명받아서인지는 모르지만 어쨌든 여왕은 이후 로마를 떠나지 않았다는 이야기가 전해 내려오고 있다. 포폴로 광장(Piazza del Popolo)은 핀초 언덕과 테베레강 사이에 있으며 '민중의 광장'이라는 뜻이며 광장 한가운데는 아우구스투스가 기원전 1세기에 이집트를 정복한 것을 기념해 가져온 36m 높이의 오벨리스크가 세워져 있다.

포르타 포폴로를 지나면 가장 먼저 보이는 것은 광장 한가운데 서 있는 오벨리스크인데, 정식 이름은 '오벨리스크 플라미노'라고 한다. 원래 BC 1300년 무렵 이집트에서 만들어진 것인데, 로마로 가져와 대전차 경기장을 치르코 맛시모에 세워 놓았던 것을 1589년 현재 위치로 옮겼으며, 이집트에서 가져온 사자상 4마리가 옆에서 오벨리스크를 지키고 있었다.

현재의 둥근 포플로 광장은 181년 건축가 주세페 발라디에르가 네오클래식 형식으로 만들었으며, 당시만 해도 비아 플라미나아가 한가운데를 지나는 좁은 사다리꼴 모양이었다고 한다.

쌍둥이 성당 사이의 길이 코루소 거리, 그 길을 똑바로 가면 베네치아 광장에 이른다. 여기서 오른쪽 카페테리아가 있는 길을 가다 보면 명품 거리가 시작되고 20여 분을 쇼핑하면서 지나가면 스페인 광장이 나타나고 트래비 분수도 볼 수 있다.

우린 이 거리에서 약간 쇼핑을 했지만 가격이 만만치 않았다. 100% 울 재킷 하나가 3천6백 유로라 5백만 원 이상 가는 가격을 보고 놀랐다. 소나기가 퍼부어 비를 맞으며 쇼핑하다가 사진 한 장 찍지 못했다.

우린 자유 시간을 얻어 간단한 쇼핑과 점심 식사를 마치고 Meeting Point에서 우리 팀과 조우하여 오후 일정에 들어갔다.

· 로마의 상징 콜로세움
  (Colosseum)

대전차 경기장을 버스에서 지나가면서 보고 콜로세움 원형 경기장에 도착했다. 서기 72년 베스파시아누스 황제(Vespasianus, 재위 69~79)에 의해 착공되어 8년 만에 기적적인 역사를 거쳐 티투스 황제 때인 80년에 준공된 콜로세움은 로마 시대에 건립된 최대의 건축물이었다.

서기 70년 티투스는 예루살렘과의 전쟁에서 대승을 거두고 10만 명의 포로를 데리고 귀환하였고 그중 4만 명을 동원하여 콜로세움을 건축했다는 전설이 있다.

콜로세움은 검투사들끼리의 싸움이나 맹수와의 싸움을 시민들에게 구경시킴으로써 한편으로는 일체감과 애국심을 불러오기도 하고, 다른 한편으로는 공포심을 심어 주기 위한 정치적인 목적으로 건립되었다고 한다.

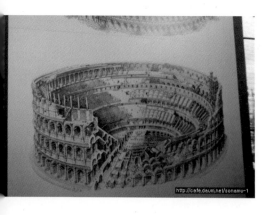

이 거대한 원형 극장은 4층으로 1층은 높이 10.5m의 도리아식 반원주, 2층은 높이 11.85m의 이오니아식 기둥, 3층은 11.6m의 코린트식 기둥으로 되어 있고, 4층은 관중들이 작열하는 태양을 피할 수 있게 벨라리움이라는 천막을 고정하기 위한 장대 장치를 지탱하는 벽으로 되어 있다.

이외에도 계단과 독립 공간, 즉 갈레리아가 있었다. 이 갈레리아는 이집트산 콩, 음료수 등을 파는 사람들의 휴식 공간으로 많은 사람이 여기서 조우하면서 경기를 즐겼다고 한다.

콜로세움에는 유사시 관중들을 빠르게 대피시킬 수 있도록 80개의 출입구가 있었고, 이 중 76개는 일반 군중들이 사용했으며 4개의 문은 타일과 황금으로 장식되어 있었다고 한다. 북쪽의 정문은 황제와 귀족들을 위한 것이었고 나머지 동, 남, 서쪽에 있는 문은 로마의 엘리트층이 주로 사용하였다고 한다.

아무튼, 티투스 황제는 이 장엄한 건축물을 통해 제국의 위용을 마음껏 자랑하고 싶어 했던 것 같다. 콜로세움의 거대함은 높이 48m, 둘레 500m, 폭 55m라는 수치만으로도 설명이 충분하다.

· 콘스탄티누스 개선문

황제 콘스탄티누스 1세(재위 272~337)가 312년 밀비오 다리 전투에서 승리한 것을 기념하고자 세워졌으며 이 개선문은 영원히 남을 기념비로 세워지며 정치적 파워의 과시로 보이기도 했다. 이후 프랑스의 황제 나폴레옹 1세가 세운 파리의 개선문으로까지 이어지는 것 같다.

· 성 베드로 대성당
(Basilica di San Pietro)

349년에 콘스탄티누스 황제에 의해 베드로 성인의 묘지 위에 세워졌고 실베스트로 교황이 396년에 대성전으로 축성하였으나, 그 후 여러 번 훼손되어 1506년 브라만테의 설계에 따라 재건축 사업이 시작되었다.

현재 일요일마다 교황이 직접 미사를 주관하는 성당인 성 베드로 대성당은 화려하며 웅장한 규모를 자랑하는 곳이다.

1506년부터 1626년까지 계속되었던 공사 기간이 말해 주듯 성 베드로 대성당은 높이가 45m, 길이는 무려 211.5m에 이르는 엄청난 규모의 성당이다.

브라만테, 미켈란젤로, 라파엘로, 마데르노 등 최고의 건축가들이 참여했으며 성당 곳곳에는 르네상스와 바로크 시대의 예술을 대표하는 호화 찬란한 장식들이 가득하다. 초대 교황이었던 베드로는 예수의 12제자 중 한 명이었다.

베드로가 네로 황제의 박해를 받아 순교한 언덕에는 원래 작고 초라한 성당 하나가 있었는데, 이를 안타깝게 생각한 교황 니콜라우스 5세는 이곳을 크게 다시 짓도록 하였다.

건축 과정에서 문제도 많았다. 시
민에게 면죄부를 팔아 성당의 건축
자금을 마련하였는데, 이를 비판했던
마틴 루터는 〈95개 조의 반박문〉을
발표하여 종교 개혁의 불씨를 지폈
다.

성 베드로 대성당으로 통하는 문
은 모두 3개이다. 이 중 가장 특징적
인 것은 오른쪽에 있는 '성스러운 문'
이다. 이 문은 25년에 한 번 열리는
데, 가장 최근에 열린 것이 2000년이
므로 2025년이 되어야 문이 열리는
것을 볼 수 있다.

여기에서 1783년 10월 26일 모차
르트가 〈다단조 미사곡〉을 초연한 곳
으로 유명하며, 이것을 기념해 '잘츠
부르크 음악제' 때 이 성당에서 모차
르트의 〈다단조 미사곡〉이 연주된다
고 한다.

http://cafe.daum.net/sonamu-1

사도 베드로의 무덤 위에 중앙 제
단이 있고 매주 여기서 교황의 미사
에 참여한다는 것은 신자들뿐만 아니
라 모두에게 커다란 기쁨이다. 대성
당은 관광하기보다는 순례하는 곳이
다. 깊은 명상 속에 간간이 기도하며
한발 한발 옮기며 며칠은 보내야 하
는 성역이다.

지하의 성인 묘역을 참배하고 두
루두루 성화의 의미와 성물들을 감상
한 다음 성당 내부의 박물관을 견학
하고 나서 돔으로 올라가는 엘리베이
터를 타면 천국을 향해 올라가는 느
낌이 든다고 한다. 쿠폴라 꼭대기에
오르면 로마의 전경이 한눈에 들어온
다. 발아래 찬란하게 펼쳐진 바티칸
정원에서 싱그러운 바람이 불어온다.

http://cafe.daum.net/sona

로마 포룸(Foro Romano)은 단순한
고대 로마 유적지가 아니다. 고대 로
마의 공화정이 이 공간이다. 서구 문
화의 토대이며 민주주의의 근간이 된
로마의 공화정이 있던 장소이다. 지
금은 폐허가 되었지만 로마 제국의
심장이라고 한다.

카피 플리노 언덕과 팔라티노 언덕 사이 저지대로 고대 로마의 생활 중심지이다. 기원전 179년에 건축한 에밀리아 바시리카(Basilica Aemilia)는 사법, 금융, 상업 등이 이루어지던 공공 건물이었으며, 고대 로마 원로원들이 모임 장소로 사용하던 곳이며, 공화제 시절에는 정치의 최고 기관인 원로원이 있던 쿠리아(Curia) 등이 있다.

트래비 분수는 로마 시대에 13km 떨어진 곳에서 물을 공급하던 수로였다. 분수는 니콜라 사르비가 설계한 것을 1762년에 완성하였다. 가운데에는 대양의 신 오케아노스가 서 있고, 이를 양옆에서 바다의 신 트리톤이 보좌하는 모습이다. 분수의 왼쪽은 격동의 바다를, 오른쪽은 고요한 바다를 상징하며 바다의 두 단면을 보여 준다.

스페인 광장에는 이상한 배의 분수(Fontanadella Barcaccia, 바르카챠의 분수)가 있고 계단 위에는 프랑스 교회 트리니타 데이 몬티(Trinità dei Monti) 성당이 세워져 있다. 스페인과 프랑스의 양국 간의 평화를 바라는 마음으

로 1725년에 대계단이 건설되었다고 하며 135단으로 되어 위쪽에는 로마 시내를 볼 수 있어 연인들의 휴식처가 되고 있으며 '로마의 휴일' 덕분으로 명소가 되었다고 한다.

"모든 길은 로마로 통한다."라는 아피아 가도를 통과해 귀선하였다. 기원전 312년에 처음으로 군사 도로로 사용한 것으로 그 후 군사적, 상업적 목적

으로 12개의 가도에 375개의 간선 도로는 80,000km가 넘고 지선까지 합하면 150,000km나 된다고 한다 이 길을 통하여 정복지의 노예나 약탈품을 운반하였다. 깊이 1~1.5m 정도의 깊이로 땅을 판 다음에 최하층으로 30cm 정도의 높이로 자갈을 그리고 자갈 위에 돌과 점토를 섞어서 깐다. 그다음에는 인위적으로 잘게 부순 돌멩이들을 아치형으로 깔고 그 위에 사방 70cm 정도 크기의 마름돌을 빈틈없이 낀다. 이것으로 로마 가도가 완성된다. 너비는 4m였고 그 양옆에 3m 정도의 인도가 있었다고 한다.

우린 지친 몸으로 일찍 귀선하여 휴식을 취한 후 Grand Dining Room에서 저녁 식사를 하면서 피로를 풀었다. 로마에 볼거리가 너무 많아 아쉬운 하루였지만, 수년 전에 한 번 와 본 곳이라 낯설지가 않았다.

오늘도 Marina Lounge에서 쇼 프로그램을 즐기는 것이 피로를 푸는 데는 일품인 것 같았다.

로마의 서구 문명의 발상지이므로 볼거리가 너무 많기에 체류 일정에 따라 관광지를 선택하는 지혜가 필요한 것 같아 인터넷에서 발취하여 여기 그 리스트를 올린다.

1. AD 431 산타 마리아 마쪼레 성당(Santa Maria Maggiore)
2. AD 0 콜로세움(Colosseo)
3. 팔라티노 언덕(Palatino)
4. 대전차 경기장(Circo massimo)
5. 로마 포롬(Foro Romano)
6. 1547년 캄피도리오 광장(Piazza del Campidoglio)
7. 진실의 입(Bocca della Verita)
8. 베네치아 광장(Piazza Venezia)
9. 나보나 광장(Piazza Navona, 도미티아누스 황제 경기장)
10. AD 125 판테온(Pantheon, 로마의 신전, 단테와 라파엘로 안치)
11. 1732~1762 트레비 분수(Pontana di Trevi)
12. 스페인 광장(Piazza Spagna, 명품 거리)
13. 135~139 천사의 성(Castel Sant' Angello, 하드리아누스 황제의 묘)
14. 1929 바티칸(VATICANO)
15. 포르타 포르테제(Porta Portese, 벼룩시장)
16. BC 142년 최초의 석조 다리(Ponte Emilo/Pnte Rotto)
17. 산타 마리아 노벨라(Santa maria Nobella, 고현정 크림)
18. 아우구스투스 황제 영묘(Museo dell'Ara Pacis)
19. 포폴로 광장(Piazza Popolo)
20. 보르게제 미술관(Museo Borghese)
21. 바티칸 박물관(Musei Vaticano)
22. 오페라 극장과 바실리카(Piazza Esedra)
23. 로마 국립 박물관(Museo Nazionale Romano)
24. 테르미니 버스 정류장(Fermata dell Autobus Termini)
25. 로열 산티나 호텔(Hotel Royal Santina)
26. 1880 파시 젤라또(Palazzo del Freddo~G.FASSI)
27. AD 198~217 카라칼라 욕장(CARACALLA)

· 로마신화의 탄생

트로이 전쟁 이후의 이야기인 《오디세우스》를 보면 장수 아이네아스를 따라 패망한 조국 트로이를 탈출한 이주민들이 있었다.

이들이 새로운 삶의 터전을 찾기 위해 에게해를 방황하고 우여곡절을 겪으면서 마침내 신탁을 받아 훗날 이탈리아가 되는 그 땅에 터를 잡고 살게 되었다.

이들은 이탈리아의 원주민국가와 경쟁하고 싸우고 회유하고 협력하면서, 훗날 로물루스와 레물루스에 의해 로마에 도시국가를 건국하게 된다.

따라서 로마 제국을 설립한 이주민들은 대부분 그리스와 같은 신을 섬긴 에게 문명 출신이었고, 이들이 로마의 지도 세력을 이루면서 로마에서도 에게해의 신들을 섬기게 되었다. 그리하여 로마신화의 근간은 그리스신화라고 말할 수 있다.

이탈리아 로마의 잔영

로물루스의 후예들이여
콜로세움의 외침이 들리는가
믿음으로 세상을 창조하던
고통과 아픔의 역사를

거대한 흐름은
신과 함께 지나온 대양을 넘어
휘둘리는 마음의 가락을 잡고
지금도
그 메아리가 되돌아오는데
포로 모마노의 정적은 고요하기만 하네

끝없이 춤추는 환희의 순간은
반 천년을 넘겨 이어온
아피아 가도의 말발굽 소리
생생하게 새벽 별의 울림처럼
무심 속에서도 알맹이가 되어
성스러운 문이 열리는 그날의 희망이 되네

그 위대함이여
그 아름다움이여
그 성스러움이여
바티칸이여
아우구스투스여 영원하리라.

제13화
이탈리아 피렌체

11월 12일 Firenze, Italy

로마에서부터 흐린 날씨가 150 mile을 항해해도 날씨는 그대로이다. 리보르노항의 아침도 찌푸린 날씨이다. 이곳에서 피렌체 피사 루카 등 볼거리가 많아 2일간 정박한 후 프랑스 마르세유로 출항할 예정이다.

그동안 날씨가 좋아 다행이었으나 이탈리아에 와서는 계속 궂은 날씨이다. 리보르노항은 1017년 피사를 방어할 목적으로 작은 해안 요새로 세워진 항구 도시라고 한다.

쌀쌀한 아침 공기를 마시며 우리의 조식은 항상 테라스 카페이다. 오늘따라 친절한 웨이터가 포즈를 취해 주면서 사진 서비스를 해 준다. 우리 옆에 또 다른 크루즈 선이 정박해 있다.

오늘은 피렌체 관광부터 시작인데 아침부터 가랑비가 내리고 있다. 피렌체까지는 90km 정도 떨어져 있어 차로 1시간은 달려야 한다. 길은 잘 만들어져 있어 이탈리아의 교회 풍경을 보면서 피렌체로 향했다.

피렌체로 가는 도중 휴게소에서 셀프로 기념 촬영하는 곳이 있어 우리도 한 장 찍고 나왔다. 이곳의 특이점은 자신의 이름을 쓰고 그 사진 일부가 기계에 남아 다른 사람들을 즐겁게 하고 있었지만, 범죄에 이용되지나 않을까 걱정도 해 보았다.

피렌체는 도시 전체가 유네스코 세계문화유산으로 지정될 만큼 아름다운 도시이고, 르네상스가 만들어 낸 도시가 바로 피렌체이다. 피렌체 하면 그중에서도 대표되는 건축물로 두오모 대성당을 꼽는다.

르네상스는 14~16세기 신본주의적 세계관에서 벗어나 인간이 모든 것의 척도였던 고대 그리스, 고대 로마 시절로 회귀하려 한 운동, 즉 인문주의(Humanism)의 탄생 또는 부활이라고 한다.

· 두오모 대성당

산타마리아 델 피오레 성당(Basilica di Santa Maria del Fiore)은 '꽃다운 성모 마리아의 대성당'이라는 의미로 1292년부터 지오토, 프란체스카, 탈렌티나, 나토기니에 의하여 1446년까지 150년에 걸쳐 완성되었다.

르네상스 시대의 걸작품으로 장미색, 흰색, 녹색의 3색 대리석으로 꾸며진 화려한 외관은 꽃의 성당이라 불리기에 충분하다. 이 대성당은 153m의 길이, 38~90m에 이르는 폭이라는 거대한 규모를 자랑한다.

항상 조토의 종루나 두오모 쿠폴라에 오르기 위해서 기다란 줄이 만들어지는데 피렌체 두오모의 쿠폴라(돔)는 연인이 함께 오르면 사랑이 이루어진다고 해서 연인의 성지라고 해서 꼭 올라가고픈 코스라고 한다.

돔으로 올라가는 도중 조르조 바사리(Vasari)가 제작한 최후의 심판이라는 천장화는 인간 세상을 5단계로 표현하여 그린 작품으로, 사다리나 줄을 매달아 누워서 그린 것이라고 한다.

르네상스 지식인들이 건축학, 물리학, 수학의 지식을 동원하여 1420년에 피렌체 최고의 예술가 브루넬레스코가 새로운 방식을 제안하여 벽돌 400만 개를 들여 받침대 없이 둥근 지붕을 얹어야 하는 기술을 완성했다.

대성당 내부는 십자가 형태의 바실리카 양식으로 지어졌다. 중랑과 두 개의 측랑은 벽기둥과 그에 붙어 있는 넓고 뾰족한 아치로 되어 있어 중랑으로 네 개의 정사각형 예배실로 나누어져 있었다.

정문 벽에 있는 시계의 네 모서리에는 파울로 우첼로가 1443년에 그린 테오네, 마르코, 루카, 요한 4명의 복음사의 프레스코 초상화가 있다. 시계는 24개의 표시가 있어 해가 지는 시간까지의 시간을 표시했다고 한다. 스테인드글라스 창에는 마리아에게 왕관을 씌우는 그리스도의 모습이라고 한다.

대성당이 완성되어 문을 연 1478년 4월 26일 이 제대 앞에서 메디치가의 줄리아노 메디치가 부활절 아침에 살해당하였으며 같이 있던 형 로렌쵸 메디치는 성구실로 피신하여 목숨을 건졌지만 이날 이후로 메디치가와 파치가의 피의 복수 전쟁이 발발한 곳이라고 한다.

산타마리아 델 피오레 대성당(Santa Maria del Fiore)

두오모 대성당은 조토의 종탑(Campanile di Giotto)과 산 조반니 세례당(Battistero di San Giovanni)으로 이루어져 있다. 시뇨리노 광장에는 르네상스의 상징들이 조각되어 있있다.

· 조토의 종탑(Campanile di Giotto)

성당의 남쪽에 있는 높은 탑의 이름대로 조토 디 본도네(Giotto di Bondone)가 설계하여 1334년에 공사가 시작되었으나, 조토가 사망하고 1359년 완성된 414개의 계단이 있는 84m 높이의 종탑이다.

종탑 벽에는 두오모 대성당처럼 흰색, 분홍색, 녹색의 대리석 조각들은 인간의 창조 등을 주제로 한 아름다운 조각들이 섬세하게 새겨져 있다. 종탑의 장식은 조각가 도나텔로(1386~1466)가 20년에 걸쳐 만든 16개의 벽감 조각이 만들어져 있었다.

· 산 조반니 세례당
(Battistero di San Giovanni)

이 성당은 본당보다 오래된 성당 서쪽의 건물이다. 이 세례당은 화려한 천장화와 대문들이 유명하다. 높이 7m의 천국의 문이라 불리며 로렌초 기베르티가 1425년부터 27년 동안 심혈을 기울여 1452년에 완성한 대작이다. 기베르티가 당시 공모전에서 경쟁했던 브루넬레스코를 꺾고 만든 것으로도 유명하다.

문이 동쪽에 있는 것은 두오모 대성당 출입구와 마주 보기 때문이란다. 구약 성서를 10개의 패널에 조각한 것으로 천지창조, 노아의 방주, 다윗과 골리앗 등 구약 성서의 주요 이야기가 조각돼 있다.

예루살렘 성에서 사울 왕 때 블레셋 군대와 싸우던 용맹한 소년 다윗이 투구도 없이 막대기와 돌 5개로 거구인 적장 골리앗을 쓰러뜨리는 모습이 조각되어 있고

세례당 천장에는 최후의 심판을 모자이크로 장식해 놓았는데 13세기에 그리스도상을 중심으로 천체도를 비롯하여 구약/신약, 그리스도와 성모 마리아의 생애, 요한의 생애 등이 단을 만들어 비잔티움풍 모자이크로 만들어져 있었다.

단테가 세례를 받았다는 세례당의 동문 제작은 23세의 기베르티와 24세의 브루넬레스코 대결에서 기베르티가 우승자로 결정되고 최고의 제작비를 지원받았다고 한다. 미켈란젤로가 "천국의 문이 바로 여기에 있구나."라고 말한 이후 "천국의 문"으로 불린다.

http://cafe.daum.net/

http://cafe.daum.net/sonamu-1

· 단테의 집(Casa di Dante)

피렌체의 광장 시료리아 광장에서 단테의 생가를 만나게 되는데 단테 또한 피렌체의 존재 이유이다. 단테는(Alighieri Dante, 1265~1321) 장편서사시 신곡 등 라틴 중세의 문학, 철학, 수사학의 대가이며 페트라르카, 보카치오 등과 함께 르네상스 문화를 꽃피운 거장이다.

명작 신곡에 묘사된 지옥의 세계를 미켈란젤로는 최후의 심판으로 나타냈으며, 그의 영원한 연인 베아트리체를 9살 때 베키오 다리에서 만난 후 사랑이 시작되었는데, 9년 후 산타 크로체 성당 앞에서 우연히 만났지만 이루지 못할 사랑으로 끝나는 안타까운 사연은 여자의 아버지 때문에 이기에 단테는 사랑하는 여인을 위하여 서사시를 만들고 아버지가 지옥에서 허덕이고 고통받게 하여 사랑의 아픔이 이렇게도 괴로운 것이란 걸 노래한 그 유명한 신곡이 탄생하였다고나 할까.

13세기 교황파의 정치 싸움에 휘말려 단테는 피렌체에서 추방된 후 라벤나에서 1321년에 죽었지만, 라벤나의 단테 무덤 앞에 꺼지지 않는 등불이 있는데 이 등불의 기름은 피렌체에서 제공되며 매년 9월 둘째 주 일요일 기름을 옮기는 의식도 있다.

· 산타 크로체 성당
 (Basilica di Santa Croce)

두오모 대성의 동쪽 편에 또 하나의 음산한 성당이 있는데 타일로 장식된 성당은 1294년 프란체스코의 주도하에 준공하기 시작해서 1443년 완성되었으며, 르네상스의 주역들인 피렌체의 유명인 287기의 무덤이 보존된 성당이다.

정문 왼쪽에는 단테의 동상이 서
있고 안으로 들어가면 무수히 많은
무덤 조각을 볼 수 있는데 그 정교한
작품들은 그들의 생애를 말해 주듯
정말 불후의 명품들이다. 날씨마저
찌푸려 음기가 서리지만 옛 성현들의
숨결을 느껴 보려는 마음은 한결 경
건하다.

내부는 프란체스코파의 청빈한 교
리에 맞추어 간결하면서도 엄숙한 분
위기였다. 양쪽 사이드로 성현들의
석관과 그에 해당하는 조각들로 무덤
이 만들어져 있다.

명성에 걸맞게 당대의 최고 조각가 조르
지오 바사리가 직접 만든 호화로운 무덤이
바로 "미켈란젤로의 무덤"이며 아래 세 여
인은 회화, 조각, 건축에 뛰어난 미켈란젤로
의 재능을 의미한다.

당대 교과서가 되었던 《군주론》을 집필
한 석학 "마키아벨리의 무덤"이다. 그는 국
가 권력은 하나의 절대 군주로 집결해야 한
다고 역설하고 독재를 의미하지 않았지만
그 당시는 이 군주론을 이용하여 무위도식
의 절대 권력을 만들었다.

단테의 기념비이다. 메디치가의 후원을
받은 사실 등으로 정쟁에 휘말려 라벤나에
추방되어 그곳에서 사망했다. 단테의 시신
을 피렌체로 가져오려 했으나 그곳 주민의
반대로 여기에는 기념비만 건립하여 단테
를 추모했다고 한다.

음악의 여신 뮤즈가 지켜 줄 만큼 〈윌리엄
텔〉, 〈세비야의 이발사〉 등을 작곡한 천재 음
악가 "로시니의 무덤"이다.

　당대의 자유주의를 제창한 정치가 "지노 카포니의 무덤"이다. 지노 카포니는 1250년경부터 저명했던 피렌체 카포니가의 마지막 혈족으로, 1876년에 정치인으로서의 삶이 망하자 그의 고대 귀족 가문을 위해 피렌체의 유서 깊은 중심부에 카포니 거리를 만들었다고 한다.

　무선통신을 개발한 과학자 물리학자인 "굴리엘모 마르코니의 무덤"이며 무솔리니와 협력하였다 하여 후대 사람들에게 비난을 받은 사람이다.

　그가 발견한 망원경과 지구본을 들고 있는 "갈릴레오 갈릴레이의 무덤"이며 태양이 자전한다는 사실을 밝혀내어 지동설을 주장하다 종교 재판까지 받은 천체 과학자이다. 피사의 사탑에서 낙하 실험도 하였다고 한다. 아래 조각에는 태양을 돌고 있는 행성 궤도가 조각되어 있다.

천재 조각가이며 건축가, 과학자로서 르
네상스의 주역인 거장 "레오나르도 다빈치
의 무덤"이다. 화가이자 조각가, 발명가, 건
축가, 해부학자, 지리학자, 음악가를 겸비한
르네상스 시대의 석학이었으며, 말년에는
프랑스의 프랑수아 1세의 초청으로 프랑스
로 이주하여 여생을 보냈다고 한다.

지오토는 단식기도 중 6개의 성흔
을 받는 프란체스코를 그려 벽화로
장식했다. 단테는《신곡》이라는 글로
써, 지오토는 회화로써, 프란체스코
는 실제 삶에서 그리스도의 가르침과
함께 그 삶을 실행함으로써 르네상스
를 꽃피웠다고나 할까. 이처럼 유명인들이 피렌체에 모여 있으니 당연히 르
네상스의 태동은 필연적이었다고 볼 수 있었다.

성스러운 교회라는 산타 크로체
성당은 이들 르네상스의 거장들과 함
께 있어 영광의 교회(Tempiodell' Itale
Glorie)로도 알려져 있다.

· 시뇨리아 광장
(Piazza della Signoria)

중세도시 피렌체의 중심 광장으로 정치적인 모임, 연설, 문화 토론, 시위의 장소로 사용되어 왔으며 피렌체 공화국 시절 행정 중심지였다.

근처에는 베키오 궁전(Pallazzo Veccho), 우피치 미술관(Galleria degli Uffizi)이 있으며 코모지 청동상, 넵툰 분수, 다비드상 등 무수한 조각상들이 있다.

르네상스 문화를 꽃피운 광장으로 문화 정치 집회의 장소이기도 하다. 메두사의 머리를 벤 페르세우스 (Perseus with Head of Medusa)의 조각상이 앞쪽에 보이고 이 조각상은 1554년 조각가 셀리니의 작품이라고 한다.

시뇨리아 광장은 그곳에 담긴 삶의 흔적과 합쳐지면서 광장 자체가 예술 작품이 된다. 메디치가의 통치자 코시모 1세(Cosimo I)의 청동 조각상은 1594년 조각가 쟘볼로냐(Giambologna)의 작품이다.

베키오 궁전(Pallazzo Vecchio)은 1314년 아르놀포 디 캄비오(Arnolfo di Cambio)에 의하여 완성되었으며 1550년 코사모 1세가 피티 궁으로 이전하기 전까지 당대 통치자 메디치 가문의 궁전으로 피렌체 정치를 총괄하던 곳이다. 현재는 시청사로 사용하고 있다고 한다.

입구에는 이탈리아어로 '왕들의 왕, 군주들의 군주'라는 문장이 새겨져 있고 피렌체공화국의 문장이 있다. 1층에는 대형 홀이 있고 2층에는 여러 개의 대형 방으로 나누어져 있었다.

1494년 만들어진 이방은 세로 52m, 가로 23m로 500명의 평의회가 이곳에서 열렸다. 천장에는 조르조 바사리가 직접 그린 39개의 그림이 붙어 있으며 코시모 1세의 위대함을 찬양하는 동시에 피렌체의 아름다움을 묘사하고 있다.

2층에는 교황 레오 10세의 방(Saladi Leone X) 있으며 레오 10세는 로렌초 데 메디치(Lorenzo de Medici)의 아들이라고 한다. 벽면에는 교황의 흉상이 조각되어 있었다.

· 베키오 다리(Ponte Vecchio)

1345년, 아르노강 위에 만들어진 다리이다. 다리 위는 원래 푸줏간, 대장간, 가죽 공장 등이 있었으나 메디치가의 코시모 1세 때 냄새가 심하다는 이유로 쫓겨나고 지금은 보석상, 미술품 거래상과 선물 판매소가 들어서 있다.

베키오 다리는 오래된 다리라는 뜻이며 단테가 베아트리체를 만나 세기적인 사랑을 이야기한 역사적인 다리로 유명하기에 관광객이 그칠 줄 모른다.

다리는 2~3층의 상가건물이 들어서 있고 우피치 궁전과 반대편의 피렌체 박물관을 이어 주고 있다. 2개의 교각을 세워서 3개의 아치로 이루어져 있었고 아치의 높이는 4m가 넘으며 폭도 30m나 된다고 한다.

· 피렌체 박물관

르네상스 시대 꽃피운 모든 작품을 원형 그대로 복제하여 전시하면서 영원히 보관하는 기술은 참으로 놀랍다.

미켈란젤로(Michelangelo Buonarroti)의 〈Pieta〉는 1547년부터 1555년에 걸쳐 제작한 작품이며, 바티칸에 있는 피에타가 아니라 미켈란젤로가 자신의 무덤에 설치하기 위하여 만들었다고 한다.

이 박물관은 주로 두오모 대성당의 조각품들을 전시하는 성당 박물관으로, Museo dell' Opera del Duomo라고 한다. 1891년에 문을 열었으며, 현재는 세계에서 가장 중요한 조각 품들을 간직하고 있는 박물관 중 하나라고 한다.

은으로 만든 제단은 세례 요한의 일생을 그린 열 가지 장면으로 1367~1483년에 걸쳐 Betto di Geri를 비롯한 10명의 작가가 만든 작품이라고 한다.

이처럼 지옥의 문 설치 장면을 상세하게 기록하여 박물관에 비치하고 후학들로 하여금 새로운 공법을 연구하게 하는 것이 이른바 산 교육이 아닐까 생각된다.

우린 온종일 르네상스에 취하여 감탄을 연발하며 시간을 보내다 귀선하는 도중 피렌체 전체가 잘 보이는 미켈란젤로 광장으로 가 피렌체의 야경을 감상하였다.

1869년 조성된 공원에 미켈란젤로의 다비드 조각상이 복사되어 있었다. 미켈란젤로의 영혼이 숨 쉬는 이곳 피렌체에 르네상스의 화려한 옷을 입힌 도시를 영원히 기억하기 위하여 여기에 서 있는 것 같았다.

이곳은 아르노(Arno)강 서편의 언덕에 자리하고 있어 피렌체를 한눈에 볼 수 있는 곳이며, 두오모 대성당과 시료리아 광장이 정면에 보이는 곳으로 관광객들의 필수 코스로 정해져 있다고 한다.

우린 바쁜 시간 속에서도 서구 문명의 대혁명을 일으킨 르네상스의 거리를 마음껏 느끼며 크루즈로 돌아와 오늘을 마무리하였다.

피렌체의 잔영

거장도 함께한 연인의 성지 쿠폴라
신의 숨결인가 인간의 승리인가
신앙과 영적으로 맺어진 그대가
여기
부활한 다비드의 위대함을 펼치네

메디치가 있어 덕목을 꽃피우고
현상에 나타난 발자국이
하나둘 모여
지혜와 당신의 본질이 모여
신앙보다도 더 큰 내 안의 본질이 나타나네

두오모를 사랑한 브루넬스키여
피에타를 모시는 미켈란젤로여
베키오 다리의 추억을 그리는 단테여
메두사의 머리를 벤 페르세우스여
최후의 만찬을 즐겼던 레오나르도 다 빈치여
피렌체의 거장들을 다 품고 있는 산타 크로체여

세상을 상대로 나를 만들며
내가 만든 의식의 나래에서
꿈이 함께 자취를 남기니
오늘 여기서
자유롭게 펼쳐지는 영원함이
천년만년 회자되는 진실이 되리니
변화의 여정에 찬란히 빛내리.

제14화

이탈리아 루카&피사

11월 13일 Lucca&Pisa, Italy

오늘은 토스카나주(州)의 루카 (Lucca)와 피사(Pisa)를 관광하는 일정 이다. 날씨는 음산하지만 비는 오지 않는다. 피렌체에서 약 40분을 달려 온 곳이 루카시이며 루카시는 음악가 푸치니의 고향으로 토스카나주의 조 용하고 작은 음악 도시이다.

푸치니 생가는 루카에서 조금 떨 어진 토레 델이라고 푸치니 마을 (Town Terre Del Lago Puccini)에 있다. 잘 보전된 성곽이 있고 팔라초 대공의 저택도 보전되어 있다고 한다.

우린 마스시우코리(Massciuccoli) 호숫가에 있는 푸치니의 생가를 방문하여 푸치니의 일생에 푹 빠져 보았다. 지아코모 푸치니(Giacomo Puccini, 1858~1924)는 음악가 집안에서 태어나 할머니와 할아버지의 영향을 받아 아름다운 음악과 함께 생활하면서 주옥같은 명곡을 작곡하였을 뿐 아니라 사랑하는 여인과 고향에 살면서

고향의 아름다운 풍경과 함께 이탈리아 오페라의 꽃을 피운 작곡가로 베르디 이후 이탈리아 최고의 음악가라고 한다. 마시우리코 호수가 바로 집 앞에 있는 아름다운 곳이 고향 집이다.

"나는 하느님께서 관중을 위하여 작곡하도록 명령을 받은 사람이다. 그러나 베르디나 바그너와 같은 위대한 작곡가가 아니기에 더 노력한다." 라고 했던 푸치니는 이탈리아가 가장 사랑하는 베르디의 후계자로서 이탈리아 오페라를 부활시킨 작곡가임이 분명하다.

이곳 야외무대는 매년 8월이면 오페라 페스티벌이 열리는 곳이며 푸치니의 유명한 아리아 〈라 보엠〉의 그대의 찬 손, 〈나비부인〉의 어떤 개인 날, 〈투란도트〉의 공주는 잠 못 이루고, 〈토스카〉의 별은 빛나건만 등 주옥같은 음악들이 호숫가에 퍼질 때 그 아름다운 선율은 우리를 매료할 것 같은 느낌을 받았다.

그의 생가는 푸치니 박물관으로 개장하여 무료로 관람할 수 있으며 직접 사용하던 피아노, 타이프, 파이프, 스틱, 모자 등 유품들이 전시되어 있고 음악가 집안인 할아버지, 할머니, 아버지 등 시대별로 사진들이 진열되어 있어 일대기를 쉽게 엿볼 수 있어 이해가 쉬웠다.

푸치니는 루카 시내 산 미켈레 광장 맞은편 집에서 22세까지 살았고 18세 때에는 피사까지 걸어가 베르디의 "아이다"를 보고 오페라 작곡가가 될 것을 결심했다고 한다. 루카는 푸치니의 도시이기에 그의 집 앞에 푸치니의 동상을 만들어 놓았다고 한다.

하지만 그는 담배를 너무 좋아하
여 1924년 폐암으로 사망하기까지
그의 옆에는 항상 담배가 놓여 있었
다고 한다. 1858년 출생한 그는 2세
기에 걸쳐 성당의 음악 감독을 배출
한 가문의 마지막 자손이라고 한다.

루카시는 "고요의 음악 도시"처럼
조용하고 한적해 보이며 온통 푸치니
관련 포스터뿐이다. 그러나 이 적고
고요한 도시에 100개 이상의 성당과
종탑이 있어 "백 개의 성당 도시"라
고도 한다.

· 산 마리노 성당(San Marino)

산 마리노 성당은 이곳의 두오모
이다. 1070년 비숍 안셀모(Bishop
Anselmo)에 의하여 건설되었으며 루
카에서는 제일 크고도 오래된 성당
으로, 푸치니가(家)의 4대가 이곳에서
오르간 연주자로 있었다고 한다.

특히 아치형 파사드, 특이하게 그린 검은 얼굴의 예수상(거룩한 얼굴), 틴토레토(Tintoretto)의 최후의 만찬, 알레산드로 알로리(Alesandro Allori)의 예수의 알현 등으로 유명하다.

예수의 십자가 고행은 얼굴을 검은색으로 칠하여 그 고통을 한층 더 깊게 표현한 작품이라고나 할까. 이 성당에서만 유일하게 소장하고 있는 유물이다.

· 루카의 거룩한 얼굴
 (Volto Santo of Lucca)

십자가에 못 박힌 그리스도의 고대 나무 조각이며, 높이는 8피트(약 2.4m) 정도 된다. 중세 전설에 따르면, 십자가에 못 박힌 후 아리마테아의 성 요셉이 그리스도를 무덤에 두는 것을 도운 니고데모가 조각했다고 한다.

파사드로 장식된 기둥들은 각기 다른 모습과 다른 크기로 아름답게 장식되어 있는 것은 300년 이상 건축되면서 완성되었다고 한다.

그 유명한 틴토레토(Tintoretto)의 〈최후의 만찬〉으로 이 작품은 성경에 바탕을 둔 정확한 묘사로 종교 개혁가들에게 대항하여 정통 가톨릭 교리와 전례의 역할을 강조하였고, 작품의 불안정한 구도는 미사에 참석하는 평신도들과 성가대석의 수도자들을 모두 충족시켜 주기 위한 도구였다고 한다.

경건한 예배를 올리는 동방박사들은 16세기 피렌체 대성당 돔에 그려진 〈최후의 심판〉 천장화를 끝마친 패드리코 주카리(Federico Zuccari)의 작품이다.

· 카레토 라리아의 무덤
(Tomb of Llaria del Carretto)

1400년부터 1430년까지 루카의 통치자 Paolo Guinigi 왕의 둘째 부인이며 1405년 자코프 델라 케르시아(Jacopo della Quercia)의 작품이라고 한다.

반원형의 본당은 경건하고 엄숙해 보였다. 대성당의 본당과 탑은 14세기에 고딕 양식으로 재건되었으며, 서쪽 전선은 1204년 코모의 귀도 비가렐리(Guido Bigarelli)에 의해 시작되었으며 세 개의 웅장한 아치가 있는 광대한 현관으로 구성되어 있었다.

네 번째 제단에 있는 〈예수의 알현〉은 1568년 아그놀로 브론지노(Agnolo Bronzino)의 작품이라고 한다.

산 미켈레 성당은 11~14세기에 섬세한 파사드 장식으로 지어졌으며, 정면 지붕에 3개의 아름다운 조각상이 있는데 중앙의 성 미카엘을 두 천사가 보호하는 조각상이란다.

루카는 작은 중세 성곽 도시지만 이렇게 크고 작은 교회가 100개가 넘는다니 이곳 주민들은 생활 자체가 신앙으로 이루어지는 삶이 아닌가 생각되었다.

산 프레디아노 광장에 있는 로마네스크식 산 프레디아노 대성당 앞에서 포즈도 취해 보았다. 6세기에 최초로 성당을 세운 아일랜드 출신 주교 프리디나우스의 이름을 기려 명명되었고, 오늘날의 건축물은 12세기 중엽에 세워진 것이다. 성당 정면의 파사드에 얹혀 있는 그리스도의 승천하는 금빛 모습이 모자이크로 새겨져 있으며 그 아래는 12사도가 비잔틴 양식으로 장식되어 있었다.

길리오 광장에 있는 길리오 극장은 1818년 지오반니 나짜리니(Giovanni Lazzarini)가 건축하였으며, 부르봉 왕가의 마리아 루이스(Maria Luis)의 기념하는 오페라 하우스로 건물 앞에는 갈리바디(Garibadi)의 커다란 동상이 세워져 있었다.

산 미켈레 성당을 지나 골목길을 돌아가니 특색 있는 타원형의 광장인 안피데아트로(Anfiteatro) 광장이 나왔다.

로마 제국의 멸망으로 나폴레옹이 토스카나를 지배하게 되었을 때 여동생 결혼 기념으로 루카시를 주었고, 여동생 엘리자 보나파르트는 이 루카시를 개조하여 안피데아트로 광장을 만들어 새로운 희망찬 루카를 만들었으며

지금까지도 공동 주택인 광장 주택으로 서민들의 주거 지역으로 각광을 받고 있었다. 2세기경에는 원형 경기장으로 사용하던 곳을 4개의 출입문을 만들어 사용하고 있었다.

성곽 도시답게 아직도 튼튼한 성
곽의 옹벽이 남아 있었고 우린 자유
시간이 되어 이곳 루카의 패션 거리
중심에 있는 Via Fillungo에서 아이
쇼핑을 하고

간단한 식사를 마치고 오늘의 마
지막 행선지인 피사로 향했다. 루카
에서 30분을 달려 피사에 도착하였
다.

· 피사(Pisa)

11~13세기에 걸쳐 지중해의 주도
권을 잡고 스페인 북아프리카의 무역
을 주도하면서 피사는 크게 발전하였
으나, 15세기 피렌체에 지배권이 넘
어가면서 중세 도시로 전락하였다.
현재 인구 약 8만 명의 작은 도시이
지만 기적의 광장(Piazza del Miracoli)에
있는 세례당, 두오모 성당, 종탑 등을
보니 피사의 그 영광을 알 수 있었다.

세례당(Battistero)은 대리석 정면의 조각들과 붉은 돔 지붕의 화려한 모습은 어느 세례당보다 아름답다. 쿠폴라에 프레스코화의 벽화 하나 없이 소박한 내부이지만 1259년 니콜라 피사노 조각가가 만든 부조의 설교단은 이 세례당의 백미처럼 보였다.

섬세하게 조각된 설교대는 〈예수의 생애〉, 〈수태고지〉, 〈예수의 탄생과 목동들〉 등 르네상스의 선구적인 작품들로 만들어져 있었다.

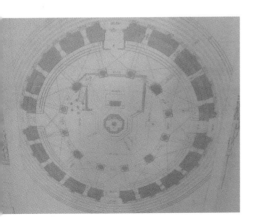

외형은 팔각형으로서 내부에는 평방을 받치는 여덟 개의 원주가 원을 이루며, 또 둥근 천장을 받치는 여덟 개의 대리석 원주가 줄을 지어 들어서 있다.

2층으로 구성된 세례당은 음향 반사를 위한 공명 처리를 하면서 건축하였기 때문에 음향 시설을 잘 갖추어 놓은 것과 같은 효과를 낼 수 있는 공간으로 이루어져 있어 하루에도 몇 번씩 시간에 맞추어 울려 퍼지는 성음은 더욱 실감 나게 들렸다.

이탈리아에서 제일 큰 세례당은 원통형의 건물로 직경이 약 35m이다. 1152년 착공하여 완성까지 200년 이상이 걸렸다. 전체는 흰 대리석으로 건물의 밑바닥이 로마네스크 양식의 성당과 같은 기둥과 아치로 장식되어 있다. 지붕 꼭대기에는 세례 요한 조각상이 있고 후반기에 지어진 윗부분은 개방형 아치 회랑과 뾰족한 첨탑 모양의 아치와 장식 박공이 있는 고딕 양식으로 혼합되어 있었다.

· 피사의 두오모 대성당
(Cattedrale del Pisa)

중세 로마네스크 건축 양식으로 지어진 두오모는 바닥은 십자가 모양이며 십자가가 만나는 교차점에 위에는 돔형의 지붕이 있는 구조로, 약 100m의 길이다.

푸른 잔디 위에 대리석 조각으로 완벽한 균형미를 이루며 건축된 피사의 두오모 대성당은 그 당시 피사의 영광을 말해 주는 것 같았다. 정면 입구 지붕 위에는 사도 바울의 조각상이 있고 그 옆에 성인들이 조각되어 있었다.

유럽 중세 상업 도시였던 피사에 있는 로마네스크 건축을 대표하는 주교좌 성당(대성당)이다. 피사의 사탑의 종루로 알려진 종세례당, 묘지 캄포산포 등을 갖추었다.

이 대성당은 팔레루모 해전의 승리를 기념해서 1064년 그리스인 부스케투스(Buschetus)의 기공으로 12세기 말에 라이날두스(Raynaldus)가 서쪽 부분을 연장해서 돔을 설치하고 13세기에 완성되었다고 한다.

대성당의 중앙 문은 1180년 보나노 피사노가 만든 청동문으로, 1595년에 발생한 화재로 살아남은 것이 이 청동문이라고 한다.

내부에 이곳 출신 지동설을 주장한 갈릴레오 갈릴레이가 여기에 걸린 램프를 보고 "진자의 법칙"을 발견하였으며, 이 램프를 "갈릴레이 램프"라고도 하며, 현재 달린 램프는 모조품이라고 한다.

내부는 68개 원형 기둥으로 5개의 회랑으로 나뉘어 있고 비잔틴 양식과 이슬람의 영향 등 여러 스타일이 조합되어 있는 두오모의 내부는 화려해 보였다. 길게 세운 기둥과 아치로 이은 회랑은 동유럽에서나 볼 수 있는 교회 양

식으로, 피사가 여러 곳의 문화를 흡수하여
지어졌다고 한다.

세례당의 설교단을 만든 니콜라 피사노
의 아들 조반니 피사노가 1302년부터 8년
만에 완성한 설교단은 당대의 최고 대리석
조각품으로 그 아름다운 변신을 보는 것 같
았다.

조각 하나하나에 역사적 의미를
두며 만든 조각으로 아름다움과 함께
심오한 이야기를 전해 주고 있었다.

· **피사의 사탑** (Torre di Pisa)

1174년에 건축을 시작하여 1350
년에 완성되었으며 건축하는 데 무려
176년이나 걸렸다. 지금은 피사의 사
탑으로 더 유명하지만, 원래는 대성
당의 종탑으로 건축된 207개의 흰 대
리석 기둥을 세운 8층 탑이며, 높이
55m이고 지름 16m인 원통형이다.

꼭대기까지 올라가려면 294개의 나선형 계단을 걸어 올라가야 하며 종루에 있는 종이 모두 7개인데 제각기 다른 음을 낸다고 한다. 피사의 사탑은 지을 때부터 문제였다. 피사 대성당의 역할을 수행하고 팔레르모 해전에서 대승한 것을 기념하기 위해 지은 종탑이다.

그 시대 천재 건축가라고 불렸던 보나로 피사노의 설계에 따라 진행되었으나 1층이 완성되자마자 기울기 시작했고 반대쪽에 하중을 더 많이 두어 수직으로 지으려 했지만, 결국 3층까지 짓고 나서 공사를 중단했다고 한다.

3층의 높이로 100년이나 지나 1272년이 되어 다시 건물을 짓기 시작했고 균형을 잡기 위해 탑을 반대편으로 하중을 주어 4개의 층을 더 쌓아 완공했으나, 몇 년이 지난 후 기울어지고 있는 종탑을 보고 공사가

중단되었다가 재개되는 등 힘겨운 과정을 거쳐 결국엔 1350년이 되어야 꼭 대기의 종루까지 완성하게 되었다.

공사 기간은 1174년 시작부터 완성까지는 200여 년이 걸린 이 대공사가 마무리되었다. 지반이 약한 곳에 지었기 때문에 한 곳으로 기울고 또 건물이 땅속으로 가라앉는 등 피사의 사탑을 어떤 과학자는 21세기 말에는 피사의 사탑이 무너질 거라고 하지만, 20세기의 현재 건축 기술로 보수 공사를 완료하였기에 현재는 기울어짐이 멈춘 상태라 한다.

우린 온종일 강행군을 하면서 이탈리아의 구석구석을 관광하며 바쁘게 즐거운 하루를 보내다가 크루즈로 귀선하였다.

피로한 줄도 모르고 일정에 따라
투어를 하다 보니 또 귀선할 시간이
라 땅거미와 함께 승선하여 즐거운
디너 파티를 위하여 서둘러 준비했
다.

오늘도 관광을 마치고 전 승무원
들의 박수를 치면서 귀선 환영을 해
주는 행복함에 젖어 귀선하였다.

저녁에는 우리 집사람은 디너 파
티에서 만난 70대 할머니와 함께했
다. 50대 딸과 함께 크루즈 여행을
왔다는 이 할머니는 코네티카주에서
왔다며 우리와의 만남을 매우 즐거워
하는 느낌이었다.

푸치니의 고향 루카의 잔영

미미의 아리아가 울려 퍼지고
정토의 나라에서
루카의 후예가 되었네

펼쳐지는 풍광은
들려오는 음율에 녹야원이 따로 없고
모든 잡념과 혼돈은
저 혼자 도도하네

번뇌와 고통이
어느덧 사라지니
마음도 가벼워 여기가 극락인데
영원히 살자고 속삭이는 유혹이
꿈인지 현실인지

내 너를 위해
여기에 살리라
언제나 힘들게 올라와
목메도록 불러 봐도
물이 되고 강이 되고 바다가 된다는
相下의 진리를
이제야 깨닫게 되는구려

어떤 개인 날 나비부인이 되어
피사의 사탑을 둘러보아도
하지만
나는 태초의 필부로다.

제15화
프랑스 마르세유&프로방스

이제 내일 바르셀로나에 도착하면 이 크루즈 여행과도 작별을 고하고 하선해야 한다. 오늘이 마지막 기항지 투어인 것 같다.

마르세유 항에서 눈을 떠 보니 옛 무역선들이 오가고 창고만 즐비하던 부두는 보이지 않고, 널따란 현대적인 항구 도시가 펼쳐지는 것을 보고 앞으로는 영화에서 보던 증기 연락선이 오가던 그 부두를 볼 수 없어 서운한 감이 앞섰다.

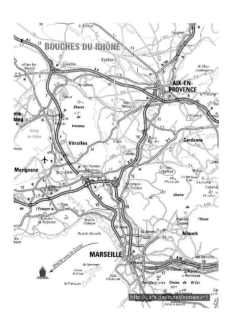

오늘은 프랑스인이 제일 좋아하는 도시이자, Second House를 두고 싶어 하는 프로방스와 마르세유를 관광하는 날이다. 프로방스는 Slow City, 즉 느림의 도시다.

인상파 화가 세잔의 고향이자 프랑스 남부의 휴양 도시인 프로방스는 반 고흐를 비롯하여 르누아르, 알퐁스 도데, 피카소, 에밀 졸라, 알베르 카뮈 등등 많은 예술가가 사랑하여 정착한 도시다.

1년에 300일 넘게 볕이 드는 날씨와 수많은 예술가의 의미 있는 감성을 불러 주는 시골의 정서, 어디를 가든 지천으로 펼쳐진 산과 바다, 오솔길과 포도나무와 라벤더 향기는 일상에 지친 우리네 삶을 한 박자 느리게 만들기에 충분한 곳이기에 프랑스인들이 노후에 제2의 인생을 정착하고픈 곳인지도 모른다.

아흐데쉬 계곡에서 카누를 타고 여유를 즐기는 모습이나 알퐁스 도데 소설《별》의 무대가 된 퐁피에유에서 아름다운 경치에 취하여 하루를 보낸다면 더욱 힐링될 것 같았다.

　향수의 고장 그라스(Grasse)의 조용한 풍경이 푸른 하늘과 함께 평화로움을 만끽하면서 반 고흐가 사랑한 아를 마을과 고흐의 그림 밤의 카페테리아에서 여유로운 커피 한 잔이 생각나는 곳이다.

　이곳 역시 로마 제국의 지배하에 있는 AD 90년경에 세운 로마 제국의 원형 극장의 유적들이 남아 있었다.

　론강과 교황청이 있어 더욱 아름다운 아비뇽 마을은 포도 산지로도 세계적으로 유명한 마을이다. 그만큼 날씨가 좋은 지방이라는 것이다. 프랑스에서 제일 아름다운 마을인 고르드 마을로도 연결된다.

프랑스 남부의 뤼베롱 지방에서도 아름답기로 유명한 고르드는 신석기 시대부터 인간의 흔적이 발견된 곳이고, 로마인들이 뤼베롱 지방을 한눈에 내려다보는 산 위에 정착지를 만들고 11세기 이후 강력한 성채를 중심으로 마을이 발전해 나간 도시이다.

프로방스는 엑상프로방스(Aix-en-Provence)를 비롯하여 니스, 아비뇽, 아를르, 고르드, 마르세유, 그라스 등 30분 거리에 있는 프랑스 남부의 작은 마을들을 뭉쳐서 프로방스라 하는데 우리는 시간에 쫓기다 보니 엑상프로방스만 관광하고, 핵심인 아비뇽, 고르드, 아를, 그라스 등의 마을을 남겨 두고 마르세유 관광에만 참여한 것이 못내 아쉬웠다.

우린 마르세유에 도착하여 바로 버스를 타고 30여 분을 달려 엑상프로방스로 갔다.

· 성 소뵈르 성당
(Cathedrale Saint Sauveur)

오늘의 첫 관광은 엑상프로방스에 있는 성 소뵈르 성당이다. 5세기부터 17세기까지 건축된 로마네스크식 등 여러 유럽 건축 양식으로 지어진 성당은 이탈리아 성당에 비하여 순순하고 소박한 성당이었다.

이렇게 출입문에 고딕체로 조각해 놓은 것을 보면 역사의 숨길을 느낄 수 있는 것 같았다. 6세기에 지어진 세례당, 12세기에 지어진 수도원, 15세기에 만든 섬세한 부조가 부착된 목재 문 등 상세하게 동판에 기록된 것을 보면 역사가 깊고 엄숙한 성당인 것 같았다.

6세기에 지어진 세례당이 이렇게 아름답게 보존되어 있는 것이 신기하였으며 원래 이 성당 자리는 로마 시대에는 아폴론 신전과 포럼이 있던 자리라고 한다.

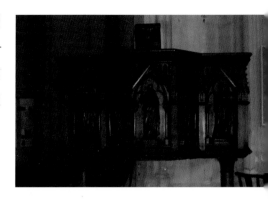

12세기에 만들어진 주교대가 아름답게 장식되어 있었다. 19세기 만들어진 회화들이 벽에 걸려 있었다.

500년경, 이곳의 주교가 프로방스의 총괄 주교가 되면서 주교청 건물을 지으면서 이곳에 예배당과 지금까지 남아 있는 세례당도 지었다고 한다. 9세기 사라센의 침략으로 파괴되었으나, 12세기에 시작한 개축과 증축으로 현재의 모습이 되었다고 한다.

천장은 로마네스크 양식을 더욱
발전시켜 평평한 목제 천장이 아니라
돌로 만든 아치형 천장을 자연스럽게
기둥으로 연결하여 천장의 하중을 바
닥으로 분산시키는 방법으로 건축되
어 있었다.

1724년 만들어진 오르간이 멀리
보였으며 그 소리도 은은하게 들리고
있었다. 이 성당은 세잔가 평소에도
다니던 성당이며 그가 죽었을 때 그
의 장례식이 여기에서 있었다니 더욱
감회가 새로웠다.

6세기에 시작하여 17세기까지 개
축된 성당이기에 고딕 양식, 로마네
스크 양식, 네오로마네스크 양식등을
함께 볼 수가 있었다. 역사가 깊은 성
당을 관람하고 밖으로 나오니 박물관
입구가 보였다.

프로방스 시청도 바로 성당 맞은
편에 자리 잡고 있었다. 시청 앞에서
우리 팀이 프로방스에 대한 현지 가
이드의 설명을 듣고 있는 모습을 카
메라에 담아 보았다.

거리에는 키가 큰 플라타너스들로 둘
러싸여 있어서 시원한 느낌을 받았다.
특히 이곳은 물 위 도시라고 불릴 만큼
분수와 물로 인하여 무성한 가로수가
있는 도시로 특히 엑상프로방스는 폴
세잔의 도시라고도 한다.

프로방스에서 나는 자연을 파는
채소 시장이 3일에 한 번씩 열린다고
하는데, 마침 우리가 갔을 때 시장이
열리고 있었으며, 한화로 계산해 보
니 한국 시장보다 약 20% 정도 비싼
가격으로 판매 중이었다.

탐스럽게 재배된 채소와 과일들은
깨끗하게 정리되어 있는 것을 보니
이곳의 농토 역시 풍부한 미네랄이
함유되어 있는 것 같았다.

거리 폭은 좁았지만 양편으로 명
품 숍이 들어서 있었고 진열된 상품
도 고급스러워 보였다. 가격은 이탈
리아보다 조금 비싼 편이라 쇼핑은
포기하고 관광만 하기로 했다.

엑상프로방스는 로마 시대부터 온
천 마을로 유명하였으며, 건축, 오페
라, 연극, 프로방스의 대극장 등을 비
롯한 여러 중요 문화유산들이 산재되
어 있다고 한다.

· 로통드 분수

(Fontaine de laRotonde)

미라보 거리 시내 중심부에 있는 드골 광장의 분수대는 아름다움과 함께 한여름의 더위를 시켜 주는 것 같았다. 이 광장이 중심이 되어 도시를 형성하고 있다고 한다. 우린 이곳 로터리에 있는 LaRodonde에서 커피를 마시며 잠시 휴식을 취했다.

폴 세잔의 도시인 이곳에는 세잔이 한동안 거주했던 곳에 세잔의 화살을 만들어 공개하고 있다고 한다. 세잔은 피카소가 '나의 유일한 스승이자 모두에게 아버지와 같은 존재'라고 칭송한 세계적인 화가로, 프로방스의 올드타운 입구에는 세잔의 동상이 서 있었다.

· 폴 세잔(Cezanne Paul, 1839~1906)

1839년 프로방스가 낳은 인상파 화가의 거장 세잔은 산과 햇볕, 광활하게 펼쳐진 산야의 한가한 풍경 그리고 바닷가의 풍경 등 이곳의 모든 일상이 예술가 세잔에게는 한 폭의 그림과 같기에 1906년 사망할 때까지 프로방스를 사랑했다.

· 〈목욕하는 세 여인〉

"주제에서 모티브로, 상상되는 것에서 보여지는 것으로."라는 근대 회화의 움직임에서는 어긋나는 것이기는 하나, 채색면에서는 역시 인상파의 그것이며, 이 작품에도 청록의 짙은 색채가 매우 규칙적으로 삐딱하게 놓여 있다. 중앙의 한 여인은 무릎까지 물에 잠긴 채 서 있다. 세 사람의 머리는 각양각색으로 인체와 풍경의 조화가 매우 목가적인 아름다움을 자아내고 있다.

세잔의 정물화는 독특하여 선의 굵기나 음양이 뚜렷이 구분되어 실물의 실체감을 더해 주는 것 같다.

· 화가의 아들 폴

폴은 세잔의 독자(獨子)로서 1872년 초, 파리에서 태어났다. 세잔과 그의 부인인 오르탕스 피케는 정식으로 결혼하지는 않았으나, 폴이 태어나자 출생신고를 하고 본인들의 자식이라는 것을 인정하였다. 세잔 자신도 양친의 정식 결혼 전의 자식이었다. 세잔과 오르탕스 또한 1886년 4월에 비로소 엑스에서 결혼하였다.

· 마르세유(Marseille)

우린 다시 마르세유로 돌아왔다. 마르세유는 프랑스를 대표하는 '제국의 항구'이며 제2의 도시다. 그러나 동시에 이 나라에서 가장 프랑스적이

지 않은 도시였다. 기원전 600년, 그리스인에 의해 처음 세워진 이 항구는 프랑스 영토가 된 이후에도 모든 지중해인의 거처였다.

20세기 초반에는 이탈리아인들이 대거 들어와 인구의 40% 이상을 차지했고, 러시아 혁명 이후에는 동유럽인들이 밀려 들어왔다. 프랑스의 북아프리카 식민지 개척과 독립의 과정을 통해 알제리인과 베르베르인들도 자연스럽게 늘어나 현재 인구 90만 명 중 1/3가량을 차지하고 있다.

구항구(Vieux Port)는 마르세유 시민의 생활 중심지이자, 생선 요리인 부야베스(Bouillabaisse)의 향연이 펼쳐지는 장소다. 다채로운 해산물을 넣고 끓인 수프에 치즈와 마늘즙을 더한 빵을 찍어 먹고, 푸짐한 생선과 가재를 뜯어먹는 거창한 코스를 거치다 보면, 이 도시가 모로코의 카사블랑카 같은 느낌이 든다.

알제리에서 태어난 프랑스 작가 알베르 카뮈는 마르세유를 트로이와 헬렌의 세계로 들어가는 관문으로 여겼다.

2013년 카뮈의 탄생 100주년에 맞추어 마르세유는 유럽의 문화 수도로 유네스코에 등재된다는 자부심이 대단하다.

· 노트르담 성당
(Basilique de Notre Damede La Garde)

마르세유 관광이라고 하면 노트르담 드 라 가르드 성당이 떠오른다. 1524년 프랑스와 1세에 의하여 로마 비잔틴 양식으로 건축되었으며 세련된 모자이크 장식과 첨탑 끝에 장식된 9.7m에 달하는 도금으로 된 성모상은 1864년 완성되었으며

154m의 언덕에서 세워져 마르세유의 상징으로 모든 이의 소원과 안전 항해를 베풀어 주는 안식처로 자리매김했다. 성당 입구에서 바라보는 시원한 바다와 붉은 지붕들로 메워진 시내의 확 트인 광경은 마치 한 폭의 그림과 같았다.

http://cafe.daum.net/

NOTRE-DAME-DE-LA-GARDE BASILICA

In 1214, the abbot of St-Victor allowed a hermit, Master Peter, to construct a chapel on this hill. He quite naturally called it the Chapel de la Garde, the name of a hill on which there was a watch tower. Over the years this chapel became an important destination for pilgrimage.

In 1477 a new chapel was built on the site of the old one. François I had a fort built on the Garde mountain and had the chapel, which was consecrated in 1544, altered and enlarged. The coat of arms of François I, three fleurs-de-lys and the salamander, can still be seen on the door of the fort, the drawbridge of which has been preserved.

In 1853 a new church was built, but only after much discussion. Indeed, the Ministry of War had to be persuaded to abandon the fort and accept that a basilica be constructed in its place. The architect Espérandieu, also designer of the Major

cathedral built it in the same Romanesque-Byzantine style. The basilica of Notre-Dame-de-la-Garde was consecrated on the 4th June 1864.

It has been given the popular name of "Bonne Mère" or "Good Mother" over the centuries by the pilgrims who were seeking its protection. This is the slightly unconventional but very significant name under which the local population continue to venerate their church. The basilica was crowned with the statue of the Virgin on the 21st June 1931 in front of 300,000 people. Whether Marseilles is approached from the sea or the land, this immense statue dominates and seems to cast its protection over the city.

The statue of the Virgin which crowns the basilica was executed in galvanoplasty: it is 9.7 m tall and weighs 4,500 kg. Originally gilded by the Marseilles architect Ferrari, it had to be regilded in 1963 by Souveur Galino. 29,400 sheets of gold leaf were required.

http://cafe.daum.net/sonamu-1

19

마르세유가 내려다보이는 언덕에 자리한 16세기 요새의 기초 위에 자리 잡고 있는 대성당은 11.2m 높이의 마돈나와 차일드 동상이 종탑 꼭대기에 금박을 입힌 이곳은 마르세유에서 가장 많이 방문하는 장소이다.

16세기 요새의 기초 위에 세워진 가톨릭 대성당의 건설은 1536년 찰스 5세 황제에 의해 마르세유 포위 공격을 막기 위해 시작되었다.

내부 벽면은 모자이크로 섬세하게 조각되어 색의 조화를 이루고, 천장의 금박 모자이크는 더욱 화려함을 느끼게 하였다. 성당 내부의 특이한 채색이 인상적이었다.

http://cafe.daum.net/sonamu-1

4개의 측면 예배당은 5.4×3.8(m) 크기이며, 모자이크로 장식된 천장이 있고, 각 예배당은 한쪽에 재정자의 이름과 조각상이 있고 다른 한쪽에 성도를 상징하는 그림으로 되어 있다. 항해를 떠난 사람의 무사 귀환 혹은 병에 걸린 사람의 쾌유를 기원하는 특정 기도처가 있었다.

천장에는 꽃과 비둘기를 묘사한 모자이크로 장식된 3개의 쿠폴라가 있으며 각 쿠폴라는 다른 색으로, 이 직사각형 돔은 구약의 장면을 묘사한다고 한다.

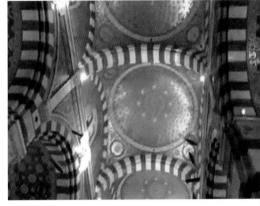

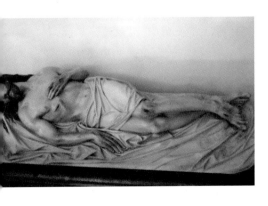

16세기 요새의 기초위에 세워진 가톨릭 대성당의 건설은 1536년 찰스 5세 황제에 의해 마르세유 포위 공격을 막기 위해 만들어졌으며, 로마네스크 스타일로 만들어진 지하실에는 그리스도의 나무 동상 그리고 누워 있는 그리스도의 동상을 볼 수 있었다.

우린 단체와 떨어 택시를 타고 이
곳으로 왔으나 볼 것은 너무나 많지
만 시간이 없어 아쉬움만 남기고 귀
선해야 할 시간이 되었다. 시간이 없
어 롱챔프 궁전(Palace Longchamp)과
마조르 대성당(Themajor Cathedral)과
몬테크리스토 백작의 이야기가 있는
이프섬(Chateau d'If)을 보지 못하고 마
르세유와 작별하는 것이 너무나 아쉬웠다.

마조르 대성당은 19세기에 비잔틴
양식으로 지어진 성당으로 유럽에서
제일 크다고 하며 역대 마르세유 주
교들의 무덤이 있는 성당으로 유명하
다.

뒤에 보이는 성당이 마조르 성당
이다. 유럽에서는 제일 큰 성당이라
고 하는데~ 19세기 프랑스에 지어진
유일한 대성당으로 비잔틴 스타일로
지어졌으며, 1852~1893년 사이에
40년 이상 지어졌다고 한다.

롱샴 궁전(Longchamp Palace)은 뒤랑스(Durance) 운하의 통수를 기념하여 1839년에 건설되었으며, 아름다운 분수와 폭포 등 프랑스풍의 정원 등도 아름답다고 하며, 지금은 일부를 박물관으로 사용하고 있다고 한다.

이프섬은 알렉산드르 뒤마의 모험 소설《몬테크리스토 백작》의 배경이 되는 장소이다. 소설 속의 주인공 에드몽 단테스는 결혼을 위해 마르세유에 돌아왔다가 억울한 누명을 뒤집어쓰고 14년 동안 이프의 감옥에 갇힌다. 감옥 속에서 만난 죄수로부터 몬테크리스토섬에 숨겨진 보물에 대해 알게 된 에드몽은 섬을 탈출한 뒤 몬테크리스토 백작으로 변신, 희대의 복수극을 벌이게 된다.

이프는 1524년 원래 항구를 방어하기 위한 요새로 건축하였지만, 별다른 전투를 치른 적은 없었으며, 대신 감옥으로 바뀐 뒤 면회가 완전히 금지된 중죄수들을 수용하면서 악명을 떨치게 되었지만, 지금은 관광의 명소로써 이름을 알리고 있었다.

· 엑스마르세유대학교

엑스마르세유대학교(Aix Marseille Université)는 14세기말 중세시대부터 이어져 온 유럽에서 오래된 역사적인 대학이다. 특히 정치학, 법학, 경제학, 수학, 물리, 화학 및 공학에서 높은 명성을 가지고 있다고 한다.

역시 휴양의 도시답게 마르세유대학 운동장에서 내려다본 요트 계류장에는 수많은 부호의 요트들이 계류되어 있었다.

마조르 성당을 옆으로 지나면서 택시 기사의 서투른 설명을 들어 보는 것도 좋은 추억거리가 되었다.

우린 오늘 저녁이 마지막 항해이
기 때문에 멋진 피날레를 장식하기
위하여 배로 서둘러 귀선하여 파티에
늦지 않도록 준비를 했다.

마르세유 관광을 일찍 끝내고 파
티 준비를 하는 동안 배는 마르세유
를 출항하여 바르셀로나를 향하여 항
해를 계속하고 있는데 우린 시간이
조금 일러 2주간 정들었던 선박의 구
석구석을 찾아가 추억의 사진을 남겼
다.

5층 선박의 로비에서 올라오는 메
인 계단으로 웅장한 모습이고 아름다
웠다. 유명 예술품들이 전시도 되어
있는 아티스 로비에서 포즈를 취한
집사람은 행복해 보였다.

전 세계의 유명 브랜드의 술들이 가득 채워져 있는 마티니 바(Bar)에는 술을 좋아하는 사람들이 밤새 술을 마시며 이야기하고 즐기는 공간이었는데, 술을 좋아하지 않는 우린 한 번도 이곳에 와서 시간을 보낸 적은 없었다.

지루한 날 밤이면 이곳 카지노 룸에서 카지노를 즐기며 시간을 보냈는데 우린 10여 년 전 몬테칼로스의 카지노에서 300불을 가지고 재미있는 시간을 보낸 추억을 더듬으며 단 하루 저녁만 이곳에서 즐거운 시간을 보냈다.

이곳 카지노 룸은 적은 돈으로 즐길 수 있는 곳이라 항상 사람들이 많이 모이는 장소로 유명했다.

· 아티스 로비

여기에서 매일 저녁 바이올린 협주곡이 연주되며, 아무나 소파에 앉아 와인을 들면서 음악을 감상하고 조용한 시간을 보낸다. 너무나 진지한 표정들이라 카메라 플래시를 사용할 수가 없었다.

아티스 로비의 벽에 장식된 소품들은 고급스러워 보였고 이곳에서 판매도 가능하다고 하였다.

세계의 위스키와 와인들을 한데 모은 라 레즈브의 위스키·와인 시음장에서는 돈을 내고 한 잔씩 맛을 볼 수 있는 곳으로 한 잔에 10불 정도였다.

드디어 시간이 되자 저녁 식사를 마친 모든 승객이 승조원들의 환영을 받으며 입장하는데 연이어 총지배인의 인사와 유흥이 이어지고 흥이 조금 돋구어진 시간이 되었을 때 굿바이 쇼가 펼쳐진다.

700여 명의 승조원 전부가 파트별로 손뼉을 치면서 입장하여 무대를 가득 채우고 굿바이 송을 부르면서 만남의 감사와 내일의 작별을 아쉬워하며 2주일간 여행이 아름다운 추억으로 남는 대단원의 막이 내려졌다.

프랑스 프로방스 마르세유의 잔영

세잔이 숨 쉬고
고흐가 르노아르가 피카소가
도데의 낭만이 깃든 예술의 숨결
라벤더 향 가득한 들녘엔

태초에 바람이 있었네
멀리서 시름을 달래는
푸른 지중해의 너울 소리였나 봐
넓은 대지의 포옹이
따스한 빛이 되어 내 품에 안기네

기다림도 그리움도 지칠 줄 모르는
방랑의 길손에게는
태양이 항상 빛나는 나래의 동쪽
언젠가부터는 누구에게나
먼 옛날의 이야기가 아니었다네

사랑도 집착도 욕망도
이젠 이프섬에다 묻어 두고
장밋빛 미래를 향해
순간을 관조하며
깨어 있는 가르침을 알지니.

제16화
스페인 바르셀로나 1

11월 15일 Barcelona, Spain

아침에 눈을 뜨니 밤새 195mile
을 항해해 와서 바르셀로나에 도착해
있었다.

15일 아침 7시30분까지 모든 짐
을 침실 밖에 내어 놓으라는 통보를
어제 밤에 받고 아침 일찍이 짐을 챙
겨 내어 놓고 서둘러 조식을 끝내고
돌아오니 09시 30분에 하선하라는
연락이 왔다.

서둘러 아침밥을 먹고 밖으로 나오니 부두에는 택시의 행렬이 장관을 이룬다. 한꺼번에 하선하는 800여 명의 승객을 위한 배려이다. 시간대별로, 침실별로 하선하기 때문에 그 많은 승객에게 혼잡함이 없고 짐도 바뀔 이유가 없었다.

그동안 터키, 그리스, 이탈리아, 프랑스, 스페인 등 여러 나라를 다녀왔지만 입국 사증을 한 번도 하지 않았고 처음 터키에서 출국 사증을 받고 바르셀로나에서 입국 사증으로 끝났다. 유럽의 여러 나라가 EU로 한데 모이면서 국경이 없어진 것을 실감했다.

우린 9시 30분에 하선하여 입국 수속을 마치고 택시를 타고 예약해 놓은 호텔을 찾아갔다. 70년대 말, 스페인에서 4년간 살았기 때문에 고향에 온 기분으로 마음이 가벼웠으며 80년대 한 번 다녀간 곳이기에 더욱 친밀한 감이 느껴졌다.

바르셀로나(Barcelona)는 스페인에서 두 번째로 큰 도시로 지중해 연안에 접해 있으며 카탈루냐 지방의 중심 도시이다. 인구는 이백만 명 정도이고 면적은 서울의 1/6 크기이다.

도시의 이름은 고대 페니키아어인 '바르케노(Barkeno)'에서 유래하였다. 1992년 올림픽을 개최하였으며 화가 파블로 피카소, 호안 미로, 건축가 안토니오 가우디 등 많은 예술가를 배출한 도시로 유명하다. 택시 기사가 가이드이다. 이곳이 스페인을 해양 국가로 발전시킨 콜럼버스를 기리기 위한 콜럼버스 광장이다.

이곳이 람블라스 거리이다. 365일 항상 관광객으로 붐비는 명소이다. 람브란스 거리가 끝나는 곳의 왼편이 카탈루냐 광장이라고 지나가면서 설명해 주는데 기사가 관광 가이드 못지않았다.

오른쪽은 엘 코르테 잉글레스(El Corte Ingles) 백화점이라고 말할 때는 정말 감회가 깊었다. 스페인 전역에 퍼져 있는 가장 큰 백화점 그룹이다.

우리가 스페인에 살 때 집사람은 교민들에게 코르테 아줌마라는 별명을 얻을 정도로 코르테 백화점을 자주 다녔던 기억이 새삼스럽다.

그 당시 스페인 전국적으로 유명한 백화점이었는데 요즈음은 서민 상대의 홈플러스 정도의 매장으로 전락해 버린 느낌을 받았다.

우린 5성급 호텔(Majestic Hotel&Spa Barcelona)에 도착하였다. 관광 중심지와 명품 거리가 밀집한 가르시아 거리에 있는 5성급 호텔이다. 가르시아 거리는 부자 동네로 우리나라의 테헤란로와 같다고 보면 된다.

아들이 친구를 통하여 예약한 곳이라 값도 싸고(180유로/1박) 고급 호텔로 바르셀로나 FC 구단주 그룹에서 운영하는 호텔이라 기분 좋은 예감이 들어 내리자마자 인증 샷 한 장을 찍고 체크인을 하였다.

체크인을 하고 나니 그렇게 고대했
던 평생의 소망인 지중해 크루즈 여
행을 14일간 만족스럽게 끝마쳤다는
안도감과 행복감에 무한한 감사를 드
렸다.

바르셀로나에서 3박 4일의 개인
관광을 마치면 그간의 모든 일정을
마치고 22일 만에 귀국하게 된다.

3박 4일 체류 기간 중(16, 17일) 2일
은 유로 자전거나라에 이스탄불처럼
관광 가이드를 예약했기 때문에 나머
지 일정만 알차게 마치면 된다.

우린 호텔에서 간단한 중식을 하고 거리 답사 겸 귀국 쇼핑 준비를 위해 시간을 보내기로 했다. 호텔 바로 앞에 있는 가우디의 초기 작품인 카사 바트요(Casa Batllo)는 내일 일정에 있기 때문에 기념 촬영만 하고 명품 매장이 즐비한 가르시아 거리를 걸으며 아이 쇼핑을 즐기고 Zara 매장에도 들렀다.

Zara는 바르셀로나에 본사가 여기에 있기 때문에 최신 상품이라도 가격이 저렴했다. 우린 이곳에 들러 귀국한 뒤에 지인에게 줄 선물을 준비하고, 카탈루냐 광장을 거쳐 람블라스 거리를 거닐며 관광객 속에 묻혀 시간을 보냈다.

호텔에서 자라 매장, 카탈루냐 광장, 람블라스 거리를 걸어 다니면서 구경하여도 피곤한 줄 모르고 즐겁게 시간을 보냈다. 끝부분에 있는 콜럼버스 기념탑까지 걸어와서 부두 쪽으로 이동하였다.

옛날 해상의 영광을 누렸던 바르셀로나 항만청 건물이다. 바르셀로나 항구는 2000년의 역사를 가지고 있으며, 지중해에 있는 유럽의 주요 항구 중 하나이자 타라고나와 함께 카탈로니아에서 가장 큰 항구 도시이다.

· 람블라 델 마르(Rambla del Mar)

1982년 올림픽을 준비하면서 컨테이너 부두와 오물투성이의 항구를 재개발하여 멋진 다리를 놓고, 쇼핑몰을 세우고, 요트 계류장을 만들어 바르셀로나의 빛으로 재탄생했다.

아쿠아리움과 마레 마그넘 쇼핑몰도 만들어 벨 항구(Port Bell) 명소는 탁 트인 바다가 있고, 화창한 태양이 뜬 오후를 즐기는 청춘 남녀와 관광객들로 항상 붐비는 명소가 되었다.

파도가 잔잔하고 쾌청한 날이면 벨 항구의 요트들은 파란 바다에 흰색 수를 놓으며 여유를 즐기는 모습과 항구와 내륙 사이에 정박해 있는 요트들의 모습은 지상낙원을 연출하는 것 같았다.

· 플라멩코(Flamenco)

스페인 하면 플라멩코의 원조이다. 16일 저녁에 예약해 놓았으나 사정으로 관람을 하지 못하여 이렇게 플라멩코의 원조인 세비야 동굴 플라멩코 공연 모습으로 대체한다.

우리는 그들을 '집시(Gypsy)'라고 부른다. 플라멩코란, 그들이 집시가 되어 세상을 떠돌면서 살아가는 그 기막힌 역사를 이야기하듯 화려한 무대가 펼쳐지는 그런 춤이 아니라, '집시'라고 부르는 그들이 그 산비탈에 동굴을 파고 살아가면서 거기에서 자신들의 운명을 그들만의 독특한 춤과 노래로 한을 풀어 가며 온몸과 정열을 모아 뿜어내는 춤사위다.

스페인 남부 안달루시아가 플라멩코의 본고장이 된 사유는 1492년 이사벨 여왕은 780년 동안 이베리아반도를 지배하였던 이슬람 왕조로부터 항복을 받아 온전한 가톨릭 왕국을 건설하면서 이교도들을 모로코나 유럽으로 추방하고 이베리아반도를 유랑하던 집시들을 위하여 아랍인들의 거주지였던 그라나다 지역의 알바이신 언덕에 정착할 수 있도록 주거지를 마련해 주었다.

화려하고 즉흥적이며 기교적 성향의 집시 음악은 이슬람 무어족의 문화와 가톨릭 문화가 잘 융화하면서 수백 년에 걸쳐 풍요로운 스페인 남부 안달루시아의 지방 문화로 정착하게 되었고, 인도나 이집트에서 건너온 원주민으로 18세기에는 이 집시들을 농부나 도망자의 의미로 "플라멩코"라고 지칭하게 되었다고 한다.

제17화
스페인 바르셀로나 2

11월 16일 Barcelona, Spain (2) 가우디 관광

아침 일찍 일어나 호텔 조식 뷔페를 배불리 먹고 커피도 마신 후 우린 걸어서 예약해 놓은 미팅 장소인 카탈루냐 광장을 찾아갔다.

정각 10시에 가이드와 합류하여 바르셀로나의 본격 관광이 시작되는데 오늘의 일정은 가우디 건축의 진수를 집중적으로 관광하는 날이다.

성 가족 성당-까사 밀라-까사 바트요-구엘 저택-레알 광장-구엘 공원 등의 순서로 유로 자전거나라 관광 가이드와 함께 지하철로 이동하면서 관광하는 일정이다.

· 안토니 가우디(Antonii Gaudi,
1852.6.25.~1926.6.10.)

바르셀로나 인근 작은 마을에서
1852년 구리 세공 업자의 아들로 태
어나 바르셀로나 대학을 졸업할 때
"천재에게 졸업장을 주는 것인지, 바
보에게 주는 것인지 모르겠다."라는
이야기가 전해질 정도로 독창적인 건
축 양식들을 창조하면서 세인의 관심
을 끌게 되었고, 그의 강력한 후원자
인 구엘과의 만남으로 수많은 창조 작업을 지원받게 되었다.

레알 광장의 가로등은 대학 졸업
후 첫 작품부터 주목받았으며 31세
에 사그라다 파밀리아 대성당의 총감
독을 맡으면서 74세의 나이로 사망
할 때까지 40년간을 오직 이 성당을
건축하는 데만 전념한 건축의 성인(聖
人)이었다.

말년에는 건축을 제외한 세상의 모든 것을 멀리하고 수도자처럼 살던 가우디는 항상 "신앙이 없는 사람은 정서적으로 쇠약한 인간이며, 손상된 사람이다."라고 말하며 신앙생활도 깊은 경지에 도달했고, 결혼도 하지 않은 채 오직 이 성당에서 숙식하면서 건축에만 온 정력을 기울였기에 쓸쓸한 말년을 보냈다고 한다.

초라한 행색으로 교통사고를 당했는데 가우디인 줄도 모르고 방치하다가 늦게 병원에 실려 가 사망하게 된 성인의 시체는 성 가족 성당 지하에 안치되어 있다.

그의 대표 작품으로는 초기작인 까사 비센스, 엘까프리쵸(1883) 등이 있으며 친구이자 후원자인 구엘의 후원을 받아 지은 구엘 궁전(1889), 구엘 별장(1887), 구엘 공원(1900~1914)과 그 유명한 까사 바트요(1906), 까사 밀라(1910)와 함께 지금까지도 건설 중인 사그라다 파미리아 대성당이 있다.

• 성 가족 성당(사그라다 파밀아 대성
　당, Basîlica de la Sagrada Familia)

　가우디가 31세의 나이에 총감독이
되면서 그의 독창적인 건축 양식으로
설계되어 100년이 넘게 현재까지 계
속되고 있다. 성 가족이란, 요셉·마리
아·예수를 합쳐서 신성한 가족이라는
뜻이며, 이 성당은 애당초 기부금으
로 시작되었기 때문에 "속죄의 사원"
이라고도 하며, 가우디가 자연에서 영감을 얻어 설계된 "옥수수 성당"이라고
한다.

　이 성당은 기부금과 입장료 수입
으로 지어지기 때문에 언제 끝날지
도 모르는 채 공사가 계속되었는데
2010년 교황 베네딕토 16세가 이곳
현당식에 와서 예배를 본 후 건축추
진위원회는 가우디 사망 100주년이
되는 2025년에 완공한다는 목표를
설정했다고 한다.

　1926년 가우디가 사망하자 그의
수제자인 조안 리콜(조르디)이 가우디
의 정신을 이어받아 공사를 계속하고
있으며 이 대역사의 관람자는 연간 3
백만 명이나 된다고 한다.

예수의 생애를 표현한 조각들, 하나하나의 조각에는 그 사연들이 있기에 더욱 경의롭다. 예수가 세례받는 장면을 섬세하게 조각되어 있으며

예수의 탄생을 목동들이 경외하는 모습으로 지켜보는 장면도 조각되어 있었다.

예수의 탄생을 동방박사들이 선물을 가지고 예수에게 바치는 장면도 상세히 기록되어 있었다.

· 예수의 고난

서문 입구, 고난의 문 위의 조각은
예수님의 고난 현장을 조각한 것으로
다른 문과는 대조적인 건축 양식으로
조각되어 있다. "선(線)의 조각"이라
고 할까.

현재 관광객이 출입하는 서문은
완전히 시멘트 구조물로 건축되어 있
어 경건한 성당의 이미지에 조금은
어색하지만 그래도 몇백 년을 이어온
그 전통에 변화를 주는 느낌이라 새
로운 시도로 보여졌다.

예수님이 십자가를 메고 골고다
공원에서 고행을 행할 때 모습을 그
린 장면인데 제일 좌측에 만도를 입
고 예수님을 경애하는 모습으로 바라
보는 조각상이 바로 '가우디' 본인이
라고 한다.

원래 성화나 예수님 곁에는 성인이 아니면 설 수 없는 자리인데도 바르셀로나 주민과 카탈루냐 주민들이 교황청에 청원하여 여기에서는 성인으로 우대받는 가우디가 되었기 때문에 시신도 주교들만 안치될 수 있는 지하 안치소에 보관되어 있다고 한다.

이렇게 시멘트, 선과의 교합 등으로 이루어진 서쪽 문, 고통의 문 설계는 지금 이 성당의 공사를 책임지고 있는 가우디의 수제자 조안 리콜의 작품이라고 한다.

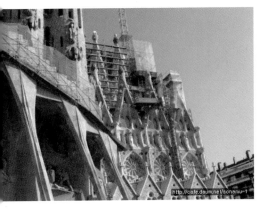

이런 섬세한 조각들의 이야기를 성당 외벽의 360°에 조각되어 있어 바로 이들을 "돌로 만든 바이블"이라고도 한다.

아직은 완공이 되지 않았지만, 관광객 수입과 예배 수당으로 이 성당을 건축하기 때문에 완성된 부분은 관람할 수 있었다. 안으로 들어가자 내부 기둥은 야자수 모양을, 천장은 야자수 잎 모양으로 변형·전개되고 있다.

가우디는 모든 건축물을 설계한 후 여러 방법으로 검증을 거친 후 완벽하여야 공사를 시작하였다고 한다. 그 전 과정을 모두 전시해서 관광 자료로 이용하고 있기도 하였다.

가우디는 설계에 따라 석고 모형을 떠서 실험했으며, 작은 납덩이와 실을 이용한 시뮬레이션을 제작한 뒤 거꾸로 거울에 비친 모양으로 하중을 계산했다고 한다.

교황 베네딕토 16세가 2010년도 11월 다 완공되지 않은 성 가족 성당에서 예배를 보고 현당식을 가졌다고 한다. 이후 완공까지 100년이 더 걸릴지도 모르지만, 2025년 가우디 서거 100주년에 맞추어 완공할 수 있도록 독려하였다고 한다.

당시 교황이 이곳에서 행했던 설교를 전시하는 장소에서 우리도 교황 옆에서 인증 샷을 찍으면서 추억을 남겼다.

이렇게 모든 조각품을 하나씩 모형도로 만들어 실제 중량과 배합법, 재료 등등 상세 기록과 함께 전시하고 있다.

모형 제작소는 관광객이 볼 수 있도록 유리문으로 차단되어 있었으며 지금도 열심히 무엇인가를 만드는 석공들이 분주하게 움직이고 있었다.

· 가우디의 시신이 안치된 지하

지하 성인 묘역의 중앙, 희미하게 보이는 관이 건축의 성인 안토니 가우디의 관이다. 주교들만이 여기에 안치되지만, 가우디는 안달루시아 지방의 성인임으로 교황청에서도 인증하고 여기에 안치했다고 한다. 위에서 아래로 볼 수 있도록 배려되어 있었다.

성 가족 성당이 완공되면 18개의 돔 탑이 있는데 12개는 12 사도를 의미하고 나머지 4개의 돔 탑은 마태오, 마르코스, 루가, 요한의 돔 탑이며 중앙 돔 탑은 그리스도를 상징하고, 중앙 돔 탑에 연결된 탑은 성모마리아의 돔 탑이라고 한다.

또한, 성 가족 성당은 그리스도의 탄생, 고난, 영광의 문으로 나누어져 있으며 그리스도의 생애가 잘 나타나도록 설계되었다고 하며 분명 완공 시에는 세기의 걸작이 될 것이라고 한다.

우린 서두르지 않는 느림의 미학을 여기서도 느끼며 역시 시간과 노력과 재능이 합쳐야 불후의 걸작이 탄생한다는 것을 실감하고 완공식 때 다시 올 수 있는 영광이 주어질까 하는 생각을 하며 다음 행선지인 까사 밀라로 향했다.

1910년 사업가 밀라는 까사 바트요의 집을 보고 가우디에게 부탁하여 비슷한 멋진 집을 지어 임대하려고 했는데 당시 사람들의 취향에 맞지 않고 돌들이 흩어진

채석장과 같다고 하여 이름도 까사 밀라가 아니고 라 페드레라[La Pedrera(채석장)]라고 불렸다고 하며

임대도 되지 않아 급기야는 공사비를 대출까지 해야 하는 실정이었으나, 오늘날에는 유명한 건축물로써 인정받는 까사 밀라는 분명 걸작품임에는 분명하다.

몬주익 동산에서 가져온 4천5백 개의 돌을 이어서 만든 건축물로써, 돌의 곡선을 살린 건축물은 당시 가우디의 자서전과 같은 건물이었다.

원래 바다를 토대로 한 건축물로
외형은 넘실대는 바다의 파도 형태이
며 창문에는 검은 미역이 감겨있는
형태라고 한다.

까사 밀라도 역시 모형도부터 먼
저 만들고 역학관계를 계산해 건축의
방향을 설정하였다고 한다.

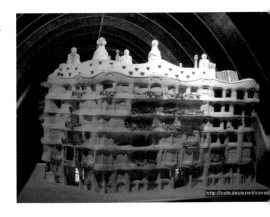

• 까사 바트요(Casa Batllo)

까사 바트요 길 건너가 우리 숙소
인 Majestic 호텔이었다. 우린 까사
밀라를 관람하고 두 블록쯤 걸어서
우리 호텔 앞에 있는 까사 바트요에
도착했다.

까사 바트요는 1906년 섬유업자 조셉 바트요의 요청으로 가우디가 리모델링한 건물로써, 2년간 수리하여 뼈의 형상을 외형으로 잡아 개조했기에 해골의 집이라고도 한다.

자전거나라의 가이드가 들려준 까사 바트요에 관한 설명이 끝나고, 근처에서 점심을 먹은 후 까사 바트요의 내부 관람으로 오후 일정을 시작하기로 했다.

동화의 나라 색칠과 같은 타일 외형과 색감은 건축을 그림으로 표현한 조각 작품 같았다. 가이드가 지정해 준 식당을 찾아 점심을 먹으러 들어갔는데 사건이 벌어졌다.

여기 입고 있는 재킷을 식당 안에서는 가방 위에
놓아두었다가 도난당함

· 문제의 발단

(가방을 들치기 당하다)

우리는 간단하게 중식을 해결하기 위하여 근처에 있는 어느 대중식당으로 갔다. 집사람은 메고 있던 가방을 의자에 내려놓은 다음 화장실로 갔고, 나는 앉아서 메뉴판을 보고 있는데 현지인으로 보이는 사람이 와서 몇 시쯤 되었느냐고 묻기에 시계를 보며 1시 30분이라고 말하려는 순간, 남자와 앞에 놓여 있던 가방이 함께 없어졌다. 뛰쳐나가는 것을 보고 고함을 질렀으나 순식간에 군중 속에 파묻혀 찾을 수가 없었다.

식당이 난장판이 났지만, 주인과 종업원들은 나 몰라라 하고 수수방관하고 있어 하는 수 없이 택시를 타고 근처의 경찰서로 가서 도난 신고를 하려는데 여권이 필요하다고 했다.

그래서 오후 관광은 포기하고 호텔로 돌아와 여권을 가지고 가서 도난 신고를 하고 나니 4시가 넘었다. 흔히 있는 일이고 여권과 현금이 많지 않았으니 다행이라는 경찰의 이야기를 들었다. 인상착의와 체구가 작았다는 목격담을 얘기하자 경찰은 아마 스페인 사람은 아니고 골칫거리인 아프리카 모로코 사람들일 거라고 했다.

항상 여행할 때는 현금은 300불, 여권은 호텔에 놓아두고 다녔기 때문에 피해는 적었으나 여행 막바지에 이런 일을 당하고 보니 너무나 허탈하고 맥이 빠져 오후 일정을 모두 취소했다. 예약해 놓았던 플라멩코 공연까지~~

다행히 출국 시 약 28만 원 정도 하는 여행자 보험을 들어 놓았기 때문에 귀국하여 보험금 청구를 신청하여 150만 원의 보상을 받았기 때문에 상계해 보면 조금 손해를 본 정도였다.

분실한 품목의 값어치는 현금 포함 약 USD 3,000 정도였고 분실 품목은 샘존 빅백, 샘존 블랙 재킷, 오클레이 남성용 선글라스, 피에르가르뎅 여성용 선글라스, 노스페이스 선캡 모자, 노스페이스 여성용 바람막이, 갤럭시2 핸드폰, 비자 카드 1매 등등이다.

카드다 핸드폰이다 취소하랴 모든 절차를 마무리하고 나니 아무것도 할 수 없는 상태가 되어 일찍 잠자리에 들어 오늘의 악몽을 잊었다.

제18화
스페인 바르셀로나 3

11월 17일 Barcelona, Spain (3)

　아침 일찍 일어나 식사를 마치고 호텔 옥상 풀장으로 올라가 바르셀로나 전역을 사진에 담고, 어제의 악몽을 깨끗이 잊고 오늘은 여행의 마지막 날로 의미 있게 보내고자 아침 10시 카탈루냐 광장에서 유로 자전거나라의 안내로 투어를 시작했다.

　오늘의 코스는 4 Gats-피카소 미술관-산타마리아 델 마르 성당-산 자우메 광장-왕의 광장-카테드랄 대성당-보케리아 시장-람블라스 거리-몬주익성-스페인 광장-불꽃 분수 순으로 바쁘게 진행된다.

바르셀로나는 구시가지의 "고딕 (로마) 시대"와 1878년의 도시 계획이 있었던 1880년대 후반의 "황금시대" 그리고 1929년의 박람회와 1992년의 올림픽을 통한 "팽창 시대"로 나눌 수 있으며 어제는 황금의 시대를 관광했다면, 오늘은 고딕 시대와 팽창의 시대를 관광하게 된다고 한다.

· 레스토랑, 콰트로 가츠(4 Gats)

구시가지 몬시오 골목길에 있는 4G의 카페(네 마리의 고양이)라는 카페가 까사 마르티(Casa Marti) 건물 1층에 있는데, 이 건물은 1896년 섬유 사업가 프란색 마르티(Francesc Marti)가 28세의 건축가 조셉 푸이그(Josep Puig)에게

의뢰하여 건축되었으며 1897년 6월 부유한 예술가 라몬 카사스(Ramon Casas)의 후원으로 "네 마리 고양이만 있네(사람이 별로 없다)."라는 스페인 속담인 4 Gats라는 이름으로 카페테리아를 열어 문화·예술인의 토론장으로 만들었다.

· 피카소가 그린 메뉴판

이곳의 단골이던 피카소도 1900년 2
월 1일, 여기서 그의 첫 전시회를 열었으
며 그 대가로 메뉴판을 그려 주었다 한
다.

당시 바르셀로나에서는 "지난밤
4G에 가지 않으면 별 볼 일 없는 사
람이다."라는 말이 유행할 정도로 예
술인의 쉼터가 되었으나 몇 년 후 경
영난으로 문을 닫았고

1970년대에 레스토랑으로 다시
문을 열어 100년이 지난 지금까지
당시의 보헤미안적인 분위기를 간직
하고 있으며 벽에 걸린 〈자전거 타는
사람〉은 설립자 라몬 카사스의 그림
으로, 원본은 카탈루냐 국립 미술관
에 보관되어 있다고 한다.

정면 입구 바닥에 보면 철판으로 상호와 함께 문형이 새겨져 있다. 유명하고 시에서 보증하는 검증된 식당에는 이런 표시가 있다. 이런 표시가 있는 식당에서 식사를 한다면 틀림없이 별로였다는 평가는 나오지 않는다고 한다.

· 파블로 피카소
(Pablo Ruiz Picasso) 미술관

피카소의 친구이자 비서인 자우메 사바르테스(Jaume Sabartes)는 1963년 바르셀로나로 돌아와 몬타카다(Montacada) 거리에 있는 아길라르(Palacio Aguilar) 메카 저택, 바로 저택, 피네스트레스 저택, 까사 마우리 (Casa Mauri) 등 5개의 귀족 저택을 이어 붙여서 피카소 미술관을 열었다.

이 미술관은 피카소의 소년 시절부터 연대별로 그림들이 진열되어 있기에 피카소의 일생을 음미도 해 보고 그림의 변천사도 느껴 볼 수 있는 것 같았다. 내부는 엄격히 사진 촬영이 금지되어 있었다.

· 피카소의 일생

1881년 10월 25일, 말라가에서 출생하여 14세 때 교사인 아버지를 따라 바르셀로나로 이주하여 미술 학교에서 미술 공부를 시작하였다. 이 무렵 바르셀로나에는 특히 오귀스트 르누아르, 툴루즈 로트레크, 뭉크 등의 화풍(畵風)에 매료되어 있었고 이를 습득하는 데 힘썼다.

어릴 때부터 재능을 인정받아 1897년 마드리드 왕립 미술 학교에 들어가 바르셀로나에서 최초의 개인전을 열었고, 1900년부터는 파리 몽마르트르의 젊은 보헤미안 무리에 투신하였다.

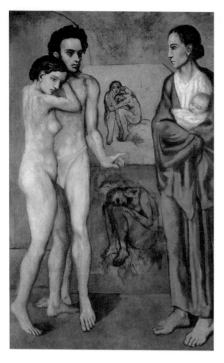

후일, 그는 친했던 친구 카마헤마스(Carlos Casagemas)의 자살 소식을 듣고는 매우 큰 충격을 받게 된다. 친구의 죽음, 가난, 슬픔, 굶주림, 고독 등으로 인해 그의 그림은 우울하게 변해 간다. 이 시기를 청색 시대(Blue Period, 1901~1904)라고 한다.

"나의 청색 시대는 카사헤마스의 죽음과 함께 왔다."

이 작품을 위해서 피카소는 4장의 스케치를 했다. 남자는 원래 피카소의 자화상으로 그려졌으나 나중에는 카사헤마스의 얼굴로 고쳐졌고, 남자에게 기대 있는 왼쪽의 여인은 카사헤마스의 애인 제르맹이며, 오른쪽의 아이를 안고 있는 여인은 카사헤마스의 어머니이다.

당시 그의 작품은 고갱, 고흐 등의 영향도 많이 받았으나, 점차 청색이 주조를 이루는 소위 '청색 시대(靑色時代)'로 들어갔으며, 테마는 하층 계급에 속하는 사람들의 생활의 참상과 고독감을 나타내었다고 한다. 그러나 1904년 프랑스 몽마르트에 안주하면서부터는 주조색이 청색에서 도색(桃色)으로 바뀌는 동시에(도색 시대) 카탈루냐 지방의 중

세 조각과 같은 독특한 단순화와 엄격성이 가미되어 갔다고 한다.

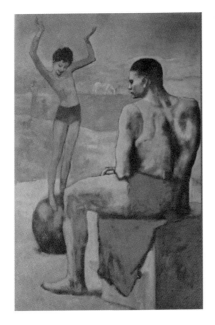

테마는 작품 〈공 위에서 묘기를 부리는 소녀〉, 〈광대〉 등에서처럼 곡예사들을 묘사하는 일이 많아졌는데, 어릿광대나 곡예사는 무대 위의 모습이 아니고 그 생활의 이면을 파헤친 애수였다고 한다.

1907년의 영원히 기념할 명작 〈아비뇽의 아가씨〉에 이르러서는 아프리카 흑인조각과 같은 형태 분석(形態分析)이 비로소 구체화되기 시작하였으며

1912년부터는 종합적 입체파 시대에 들어갔다. 그는 이미 20세기 회화의 최대 거장이 되었고, 종합적 입체파 수법을 1923년경까지 순차적으로 전개하였는데, 활동 범위도 무대 장치를 담당하는 등 다양한 활동을 전개했다고 한다.

또 1935년에는 프랑코 장군에 대한 적의와 증오를 시와 판화로 또는 전쟁의 비극과 잔학함을 초인적이면서도 예리한 시각과 독자적 스타일로 그려 낸 세기의 대벽 〈게르니카〉를 완성하였다. 이때부터 피카소 특유의 표현주의로 불리는 괴기한 표현법이 나타났다고 한다.

1944년 종전 후 주로 남프랑스의 해안에서 생활하면서 그리스신화 등에서 모티브를 찾아 밝고 목가적 분위기를 만들어 내는 독특한 작품을 제작하기 시작하였다.

1951년에는 6·25 전쟁을 테마로
한 〈한국에서의 학살〉이라는 대작을
제작하는 등 92세의 나이로 죽을 때
까지 왕성한 그림 활동을 한 그는 분
명 천재 화가였다. 이 그림은 실상과
달리 좋은 평을 듣지는 못했다고 한
다.

· 피카소의 여인들

파카소는 살아 있을 때 엄청난 유명세를 타고 많은 재산을 모았을 뿐 아니
라, 그의 말처럼 "여자는 영감을 주는 존재"라고 의식하면서 숱한 여자들을
곁에 두고 있었으며, 공식적으로는 7명의 여인과 2번의 결혼으로 92세까지
인생을 즐기다 간 천재 화가이다.

· 피카소의 첫사랑, 페르낭드 올리비아
(1881~1966)

1904년 어느 날 쏟아지는 비를 피해 피
카소가 고양이를 안고 뛰어든 낡은 건물의
복도에서 마주친 여자. 그녀가 바로 23살
의 이혼녀 페르낭드였다. 피카소는 단숨에
그녀에게 빠져 버렸다고 한다.

그들은 동거를 시작했고 Arm의 모
델이 되었으며 헌신적인 사랑으로 사
랑에 빠진 피카소는 우울한 청색 시대
(1901~1904)와 작별하고 장밋빛 시대
(1904~1906)를 맞게 되었다고 한다.

· 피카소의 두 번째 여인, 에바 구엘
  (1885~1915)

두 번째 연인은 1912년 만난 에바다.
그들은 프랑스 남부로 내려가 은밀한 사
랑을 불태웠으며, 가냘프고 청순한 미모
를 지닌 에바 곁에서 피카소는 그림마다
"나는 에바를 사랑한다."라는 문구를 서
명으로 남겼고, 그림 속 에바는 맥박과
숨결까지 느껴질 정도로 강렬한 붓 터치
를 보였다.

하지만 피카소의 자유분방함과 넘치는 열정을 감당하기에 에바는 너무 허약하였다. 에바가 아프자 피카소는 다른 여자들을 탐닉했고 결국 1916년 겨울, 결핵을 앓던 에바는 세상을 떠났다. 에바와 사랑하던 때가 피카소에게는 분석적 큐비즘(입체주의)을 넘어서 종합적으로 큐비즘으로 나아가던 시절이었다.

· 피카소의 세 번째 여인, 올가 코클로바(1891~1995)

피카소는 나이 사십이 되어서야 첫아들을 얻었다. 피카소의 여인 중 가장 자기주장을 굽히지 않았고 질투도 심했다는 피카소의 세 번째 여인은 러시아 출신의 올가다.

귀족적인 아름다움을 지닌 마리스키의 발레리나였던 유부녀 올가는 피카소의 구애를 받아들였고, 파리에서 결혼식을 올렸다고 한다. 피카소는 올가와 결혼 후 규칙적이고 바른 생활을 했는데, 이 기간에 가족에 대한 애정을 담은 작품을 많이 그렸다고 한다.

올가가 낳은 아들은 '파울로'였고 피카소는 파울로를 모델로 여러 점의 그림을 남겼다. 올가는 피카소의 모델을 하면서 자기 얼굴을 알아볼 수 있게 그려 달라고 하고 올가로 인해 피카소의 그림은 잠시 고전주의로 회귀했으며, 그는 일부 비평가들로부터 큐비즘을 배반한 기회주의자라는 비난을 들어야 했다.

역시 올가를 버린 피카소와 달리 올가는 그의 애정을 잃은 후 정신 이상에 빠졌고 반신불수로 삶을 마감했다고 한다.

- 피카소의 네 번째 여인, 마리테레즈
  발터(1909~1977)

피카소가 네 번째로 만난 여인 마리테레즈 발터는 17세의 어린 소녀였다. 금발을 가진 그녀는 운동으로 단련된 건강 미인이었다. 또한, 피카소의 여인 중 가장 어린 나이였고 그 당시 피카소는 46살이었다.

피카소는 마리테레즈가 18살이 될 때까지 기다려 올가가 사는 집과 그리 멀리 떨어지지 않은 곳에 그녀의 집을 마련하고 피카소는 그녀에 대한 성적 환상을 주제로 조각, 그림, 판화를 제작했다.

하지만 당시에 올가는 아직 피카소의 아내였다. 피카소는 마리테레즈 발터를 만나고 난 뒤부터 낭비벽이 심하다며 올가를 멀리했고 결국, 이혼하고 만다. 마리테레즈 발터는 1928년, 피카소와 동거한 지 8년 만에 딸을 낳았다고 한다.

· 피카소의 다섯 번째 여인, 도라 마르
(1907~1997)

파시즘의 광기와 싸우던 무렵인 1936년, 피카소는 생애 다섯 번째 연인인 도라 마르를 만나게 되었고, 도라는 지적이고 세련된 아름다움을 지닌 여자로 마리테레즈 발터와는 정반대였기에 피카소는 그런 그녀에게 빠져들었다고 한다.

1930년대 후반 피카소가 그린 수많은 초상화 속에서는 두 개의 얼굴은 두 개의 존재가 서로 대치되거나 중첩되어 나타나는 현상이 있는데, 이는 마리테레즈와 도라 마르의 이미지가 겹쳤기 때문이라고 한다. 그런 가운데 피카소는 도라의 보살핌을 받아 가면서 20세기 최고의 걸작으로 손꼽히는 대표작 〈게르니카〉를 완성했다고 한다.

· 피카소의 여섯 번째 여인, 프랑스와즈 질로(1921~1995)

1941년 파리가 독일군에게 점령되었을 때 피카소의 나이는 62세였고, 여섯 번째 연인 프랑스와즈 질로를 만났다. 부유한 집안에서 자란 프랑스와즈는 21살의 아가씨였고, 그녀는 가족의 반대에도 불구하고 피카소와 동거를 시작했다.

피카소와 본인 사이에 아들 클로드와 딸 팔로마를 낳은 그녀는 친구이자 기자인 주느비에브와 피카소의 애정 행각을 눈치챘다. 피카소의 여자로서는 처음으로 먼저 그를 버리고 이혼하였으며, 이 와중에 그녀는 자기가 낳은 아들딸을 법적 분쟁을 통해 피카소의 호적에 입적시키는 데 성공하고, 그녀의 자식들은 훗날 피카소의 어마어마한 재산을 물려받게 되었다고 한다.

· 일곱 번째이자 마지막 연인, 자클린 로크(1927~1986)

프랑스와즈와 이별한 후, 피카소는 1961년 이혼녀 자클린 로크와 결혼했다. 피카소(72세)보다 40살 연하인 그녀는 매우 헌신적인 동반자여서 피카소는 말년에 최고의 명성을 누리며 작품 활동에만 전념할 수 있도록 도왔다고 한다.

1973년 피카소는 "진실은 존재할 수 없는 것이다."라는 말을 유언처럼 남기고 생을 마감했다. 그가 죽은 뒤 검은 커튼을 내린 채 한 번도 걷지 않았던 자클린은 1985년 권총을 가지고 스스로 생을 마감했고, 마리테레즈 역시 피카소가 죽고 나서 3년 후 그의 곁으로 가겠다며 목을 매 자살했으며, 도라 마르 역시 정신 착란증을 앓다가 스스로 목숨을 끊고 말았다고 한다.

· 산타마리아 델 마르 성당
(Basílica de Santa Maria del Mar)

보른 지역에 있는 이 성당은 1329년에 시작하여 1384년에 완공한 성당으로, 당시 이 지역에 거주하는 상인과 선원들의 기부금으로 만들어졌으며 무사 항해와 안전을 기원하는 장소로 시민들의 안식처가 되었다. 카탈루냐의 순수 고딕 양식으로 지어졌으며, 현재도 주말이면 결혼식이 자주 열린다.

이 성당은 바르셀로나 수호성인인 산타 에우랄리아(Santa Euralia) 무덤 자리에 성당을 지었으며, 모든 시민이 하나도 빠짐없이 한두 번씩은 자원해서 노동에 참여하여 54년 만에 완공했기에 순수한 고딕 양식으로 지을 수 있었다고 한다.

이 성당은 중앙 신자석 나무 의자의 길이가 23m나 되어 유럽에서 가장 큰 규모에 속하며, 수수하고 소박한 내부 장식은 교인이 아니더라도 기도하고픈 생각이 들 정도로 친근감을 안겨다 주었다.

http://cafe.daum.net/sonamu-1

사람들은 이 성당을 카탈루냐 카테드랄(Catedral) 대성당이라고 부를 정도로 이 성당은 친근감이 좋았다. 우린 오전 일정을 여기에서 접고 어제 오후에 관광을 포기한 가우디의 쿠엘 공원을 관람하기 위하여 오후 4시에 람블라스의 시장에서 다시 만나기로 하고 약속하고 일행과 헤어져 택시를 타고 쿠엘 공원으로 향하였다.

· 바르셀로나 대성당

(Barcelona Catedral)

택시를 타러 가는 도중 바르셀로나 대성당을 거쳐 가게 되어 내부를 둘러보았다. 이 대성당은 150년간의 공사 기간을 거쳐 1298년에 착공한 후 1448년에 완공되었다.

대사원의 폭은 40m, 길이는 93m, 첨탑의 높이가 70m이며

3개의 출입문을 가지고 있다. 정면 현관의 파사드는 1408년의 설계도에 의해 500여 년 만인 1913년에 완성되었다.

본당 안 합창단 아래에의 흰 대리석 조각들은 바르셀로나의 수호성자인 산타 에우랄리아의 생애를 조각한 것이며, 그 아래에는 성인의 무덤이 안치되어 있다. 14세기경 산타마리아 델 마르 성당에서 옮겨다 놓았다 한다.

· 구엘 공원(Guell Parc)

　1899년 구엘은 바르셀로나 서북쪽의 민둥산 15ha를 구입하여 지중해가 내려다보이는 언덕에 부자들의 주택지를 40~60필지로 나누어 분양하려고 하였고

　이 주택 단지를 구엘 공원이라고 이름 짓고 섬 같은 곳, 이상향 유토피아 같은 곳이라는 영국식 고급 주택 단지를 만들려고 가우디에게 공용 시설들을 짓게 하였으며

　1914년 공용 시설은 가우디의 구상대로 완성했으나, 단 2필지만 분양되어 그 이상 분양을 포기하고 실패로 끝났으며 그 후 쿠엘도 사망하고 관리에 어려움이 있어 쿠엘의 후손은 시청에 매각하고 이를 시민의 공원으로 만들었다.

가우디는 유토피아 같은 공원을 건설하면서 가우디 특유의 기법을 사용하였다. 모자이크 장식 건축물들, 인공 석굴 등에서 가우디의 기법을 충분히 표현해 놓았다.

거침없는 곡선과 천진난만한 색깔을 이용한 돌 벤치는 신체의 곡선까지도 생각하며 만들어졌다. 1984년 세계문화유산으로 지정될 만큼 그의 작품은 화려하였다.

카르멜 언덕 위에는 이국적인 풍광을 자아내는 나무들과 산책로가 있어 바르셀로나 시내를 내려다보는 경치도 아름다웠다.

형형색색의 모자이크 기법으로 만들어진 돌 도마뱀은 형태 그대로 자연주의 양식을 표방하고 있었다. 자연 속의 유기적인 형태에서 영감을 받아 가우디 자신만의 스타일을 완성시켰던 작품 중 하나이다.

싱그럽게 불어오는 지중해의 바다내음과 거리의 악사들이 연주하여 스페인 살사나 레게의 음율이 울려 오는 한가함의 극치를 느낄 수 있게 만들어졌으며 그저 자연의 일부인 듯 인위적인 건축물이 아니라, 주변 환경과 혼연일체가 된 모습은 종려나무 덩굴 식물 등이 어색하지 않게 어우러져 있었다.

시내를 내려다보면 오른쪽은 몬주익 동산 왼쪽은 사그라다 파미리아 성당의 옥수수 탑이 있다. 도시가 끝나는 곳에서는 코발트 빛 지중해가 보이는 이곳이 바로 유토피아인 것 같았다.

광장 아래에는 하이포 스타일 홀 또는 100개의 기둥이 있는 홀(다주실, Salahipostila)은 1907년 완공되었고 고대 그리스 도시 델포이의 신전과 같은 도리아식 기둥으로 건축되었으며, 실제 86개의 기둥이 있고 천장에는 가우디의 독특한 패턴 장식들이 표현되어 있었다.

"인간은 창조하지 않는다. 단지 발견할 뿐이다. 독창적이란 말은 창조주가 만들어 낸 자연의 근원으로 돌아가는 것을 뜻한다."라고 했던 가우디의 명언을 새기며 우린 점심도 굶어 가며 마치 〈헨젤과 그레텔〉에서 나오는 집과 같이 동화의 나라에 온 기분으로 쿠엘 공원을 다시 내려와 4시에 약속 장소인 람블라스 거리에 있는 재래시장인 보케리아로 갔다.

· 재래시장 보케리아(La Boqueria)

람블라스 거리의 중간쯤에 있는
재래시장 보케리아에 들어서면 화려
한 색깔에 탄성이 절로 나며, 입에서
는 연신 군침이 나온다.

온갖 과일과 채소들, 초콜릿과 젤
리들의 화려한 색상 앞에 서면 절로
카메라를 들 수밖에 없다.

안쪽으로 들어가면 온갖 가축들의
모든 부위를 파는 정육점과 고등어부
터 온갖 종류의 해산물을 파는 어물
전까지 보케리아 시장은 청과 시장과
수산 시장 그리고 정육 시장까지 합
친 시장으로, 옛날에는 현지 주민이
주된 고객이었으나 이제는 관광객이
대부분이라고 한다.

그리고 간단한 요리를 파는 가게 몇 군데와 커피점도 있는데, 입구 근처의 바 피노쵸(Bar Pinotxo)라는 조그마한 가게가 사그라다 파밀리아 만큼이나 유명세가 알려져 바르셀로나를 찾는 유명 외국인들도 꼭 한 번씩 들른다고 하지만 우린 시간이 없어 그냥 지나쳤다.

1940년부터 매일 새벽 5시면 일을 시작하는 칠순이 넘은 피노쵸 할아버지의 구수한 입담도 이 가게의 유명세에 가세한다니 다음 기회는 꼭 들러 보아야겠다.

우린 입구의 하몽 가게를 눈여겨 보았다가 투어가 끝나고 호텔로 돌아갈 때 이곳에 들러 그 유명한 하몽을 5Kg이나 사서 귀국했다. 스페인산 하몽은 정말 맛있어서 가격은 다소 비싸더라도 스페인을 여행할 때면 언제나 조금씩 구입해서 가져왔다.

· 람블라스 거리와 콜럼버스 탑
　그리고 벨 항구(Port Vell)

　우리 일행은 람블라스 거리를 천
천히 걸어 내려오면서 다른 관광객에
게 묻혀서 콜럼버스 탑을 지나 벨 항
구로 향하였고

　아름다운 다리를 건너서 마레마그
룸 쇼핑몰 2층에 있는 스타벅스 커피
숍의 경치 좋은 자리에서 아픈 다리
를 위로하며

　눈앞에 펼쳐진 벨 항구의 아름다
운 전경을 감상하며 여유로운 시간도
가져 보았다. 요트들의 계류장은 부
의 상징이지만 여기도 어두운 그림자
들이 드리워져 있다.

이곳 벨 항구의 화려함이 바르셀
로나의 빛이라면, 그 언저리에서 짝
퉁 가방이나 선글라스 또는 벨트를
한순간이면 걷을 수 있도록 난장을
벌여 놓고 파는 이방인들은 바르셀로
나의 어둠이었다.

이제 오늘의 마지막 코스이자 바
르셀로나 관광의 끝일 뿐 아니라 20
여 일이 넘는 이 여행의 대단원의 막
이 내려지는 마지막 코스는 몬주익
언덕과 스페인 광장이다. 그곳에서
마법의 분수 쇼를 관람하면 대단원의
막은 내려간다.

제19화
스페인 바르셀로나 4

11월 17일 Barcelona, Spain (4)

· 스페인 광장, 몬주익 언덕
　그리고 마법의 분수 쇼

　　오늘의 마지막 코스인 몬주익 언
덕과 스페인 광장의 불꽃 쇼를 보려
고 지하철로 이동하였다.

　　몬주익(Montjuic)은 유대인의 산이
란 뜻으로, 옛날 유대인 거리를 의미
한다고 한다. 지중해가 내려다보이는
산 정상에는 몬주익성이 있는데, 15
세기부터 바르셀로나를 방어하는 요
충지였지만 그곳에도 어두운 시기가
늘 있었다.

1808~1812년까지 나폴레옹의 군사기지로서 교도소, 고문실, 사형장으로도 사용되었고 1843년 프림 장군의 반란을 진압하기 위하여 바르셀로나 시내를 무차별적으로 공격한 장소로, 1900년 초에는 프랑코 시대에 무정부주의자와 노동자들을 탄압하기 위한 장소로 사용됐다.

1939년 스페인 내전 후 카탈루냐 민족주의자들을 탄압한 장소로 사용되었기 때문에 바르셀로나 시민들에게는 두려움과 슬픔이 가득한 장소로 기억되고 있지만, 1992년에 치른 올림픽의 주 경기장을 건설하여 올림픽의 메카로 변신하면서 다시금 시민의 품에 안긴 몬주익 언덕이 된 셈이다.

성곽이 건설되기 전에는 1073년까지 기록된 몬주익 꼭대기에 비콘이나 전망대가 있었고 항해 시스템을 통해 적의 군함에 접근하는 도시를 경계하고 밤에 발사하는 임무를 맡았다고 한다.

요새의 방어 구조를 완성하는 것을 목표로 하는 이 개축은 17세기 말에 완성되었고, 몬주익성은 4개의 요새로 구성되어 있다. 메인 파사드 커튼의 각에 자리한 2개의 요새와 두 번째 인클로저에 이미 있는 두 개의 요새이다.

성 주변의 해자고는 산 칼레스의 요새의 동쪽 각도에서 지구 루네트의 끝에 인클로저를 둘러싸고 있는 엉덩이다. 해자의 건설은 세르메뇨의 개선으로 이루어졌다. 해자는 약 3m 깊이이며, 연결되는 요새의 상황에 따라 폭이 가변적이다.

이 경기장은 1929년 만국박람회를 위하여 최초로 만들어졌으며, 설계 그리고 1992년 하계 올림픽의 주경기장으로 사용하기 위해 1989년 비토리오 그레고티의 설계로 개축되었다고 한다.

1992년 열린 제25회 하계 올림픽은 냉전의 종식으로 동서 대립이 없는 가운데 펼쳐진 최초의 대회다. 우리나라 황영조 선수의 마라톤 우승과 폐회식에서 〈Amigopara Siempre(영원한 친구)〉를 부르는 호세 카레라스와 사라 브라이트먼의 모습은 잊을 수 없는 추억이었다.

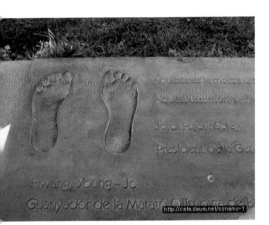

여기 이국 만 리 지중해의 한 모퉁이에는 우리의 기억에도 잊혀 가는 황영조 선수의 마라톤 금메달이라는 영광을 기억하기 위하여 발 모양의 양각과 기념 조각상이 서 있었다.

매년 수만 명의 관광객이 다녀가고 시티 투어의 정규 코스에 있는 이 기념물은 아득히 먼 한 나라의 발자취를 남겨 기념하고 있는 배려에 대하여 정말 가슴이 뭉클해졌다.

몬주익에는 항상 지중해의 푸른 바람이 분다. 이처럼 이젠 몬주익 언덕 근처에는 스페인 광장, 민속촌, 미술관, 마법의 불꽃 쇼 등으로 평창의 시대에 걸맞은 젊음의 광장으로 다시 태어난 것 같았다.

우린 스페인 광장으로 내려와 가이드들과 이별하고 스페인 광장 옆의 옛날 투우장으로 사용하던 쇼핑몰에 들러 물, 빵, 우유와 음료로 저녁 식사를 대신하고 야간 분수 쇼를 보기 위하여 기다리고 있었다.

겨울철에는 금요일과 토요일 저녁에만 공연하는 마법의 분수 쇼라고 한다. 마침 오늘은 공연이 있는 날이라 운 좋게 관람할 수 있었다.

분수 쇼는 카탈루냐 국립 미술관과 스페인 광장 사이에 있는 원형 분수대에서 볼 수 있어서 미술관 앞 계단이 제일 좋은 자리라고 하여 우리도 그곳으로 가고 있었다.

미술관 계단에서 앉아서 시내를 내려다보는 경치가 아름다워 앉아서 시간 가는 줄 모르고 경치를 즐기고 있었다. 늦게 가면 자리가 없기에 우린 일찍 서둘러 물기둥의 호위를 받으며 거리를 거슬러 올라갔다.

이윽고 어둠이 깔리자 빛과 어둠, 음악과 물기둥의 코러스가 합쳐져 7개의 레이저 빔이 중앙 돔에서 하늘로 뻗어 나가는데, 어찌 보면 하늘에서 내려오는 빛과 천상의 노래가 몬주익의 언덕에 내려오나 착각이 일어날 정도이다.

109개의 전구와 4,500개의 전구가 연출하는 광경은 태양 같은 빛과 합쳐지고 천상의 노래에 반추되어 마치 하늘과 땅과 인간이 만들어 내는 멋진 아리아가 같다고나 할까.

그러기에 몬주익 분수 쇼를 유럽 제일의 분수 쇼라고 한다. 어느새 주위는 어둠과 물과 빛 그리고 연인들로 메워져 있고 바르셀로나는 로맨틱한 도시로 변해 있었다.

우린 한 시간여 동안 꿈속을 거닐다 현실로 돌아와 보니 20여 일간의 여행은 끝이 나 있었고, 내일이면 귀국하는 날만 남았다는 것을 깨닫고 일본 건축가가 설계했다는 가르시아 거리에 있는 명품관 건물을 지나 호텔로 돌아가는 길에 마지막 밤을 즐겼다.

밤 문화가 발달한 스페인의 밤거리는 활발히 움직이고 있었다. 거리는 물론 선술집에서도 기다란 의자에 앉아 스페인의 명물 커피 꼴다도 (작은 잔에 나오는 진한 커피)를 마시거나 맥주 한 잔을 놓고 밤을 지새워 가며 이야기하고 즐기는 모습들이 이들의 살아가는 모습이었다.

우리도 이들과 함께 어울려 커피 한 잔과 맥주 한 잔을 시켜 놓고 시원한 밤공기를 마시며 그동안의 여행을 무사히 마치게 됨을 감사드리며 시간을 보내다 마지막 귀국 쇼핑을 하고 호텔로 돌아와 바르셀로나의 마지막 밤을 보냈다.

언제 어디서나 의상이나 시간에 구애받지 않고 몇 사람만 모이면 서로 손을 잡고 원점으로 모였다가 흩어지는 질서정연한 카탈루냐의 '사르다르'를 부르며 추는 춤은 그들의 낭만적인 삶 자체인 것 같았다.

　바스크 지방의 구멍 세 개짜리 가
죽 피리 치스뚜 소리에 맞추어 남녀
노소가 함께 즐겨 춤추는 바스크 지
방의 다섯 박자 '소르시꼬(Zortziko)' 춤
과 작열하는 태양 아래 정열을 불태
우는 집시처럼 원색의 옷을 입고 춤
을 추는 안달루시아 지방의 플라멩코
춤, 이렇게 지방마다 특색 있는 춤이
있기에 스페인은 분명 정열의 나라이
다.

스페인 바르셀로나의 잔영

신이 만들었나
예술이 숨 쉬고 성좌가 누워 있는 곳
요술 상자 속 레이 광장의 외침은
성경보다도 가벼웠다네

그러나 피카소가 있고
밀러가 있고
직선은 인간이고 곡선은 신이라고
가우디가 있어서
예술로 빚어진 도시 바르셀로나여

뜨거운 태양은
아라곤의 후예가 되어
정열이 넘실대며
영겁으로 이어지는
그 무한정한 힘이 있기에
몬주익의 기적이 살아났다네

시간이 멈추고
그리움이 건져지는 보헤미안처럼
다 넓은 하늘 아래로
검은 실루엣이 되어
내게로 달려오는
지워지지 않는 연인이어라.

제20화
귀국과 아쉬움

11월 19일 귀국

호텔에서의 마지막 아침 뷔페를 늦게까지 먹고 시간에 맞추어 공항으로 출발했다. 예술로 빚어 만든 도시 바르셀로나를 3박 4일간 관광하기에는 너무나 짧은 시간이었다.

새로운 르네상스의 재탄생이라는 꽃의 건축가로 불리는 도메니치의 모더니즘이 완성된 카탈루냐 음악당과

스페인 최고의 호화 오페라 극장이며 신고전 양식으로 인정받은 리세우(Liceu) 오페라 극장 그리고

스페인 광장의 높다란 곳에 있는 궁전 같은 카탈루냐 국립미술관의 미셸린 식당에서 품위 있는 카탈루냐 디너 성찬을 맛보는 즐거움도 뒤로한 채 아쉬움만 남기고 바르셀로나 관광을 마쳐야만 했다.

멀리 보이는 현대적인 건물로 W 비취 호텔이 인상적이었다. 흔히들 바르셀로나를 "가우디의 도시"라 하지만 나는 그 바르셀로나를 넘어 "이야기의 도시"고 말하고 싶었다. 어느 골목, 어느 건물 하나하나가 뜻깊고, 기다란 이야기가 숨어 있는 도시이기에 때문이다.

이곳은 아직도 반소매 차림이 많이 보이는데 한국은 11월 하순인데도 춥다는 예보를 듣고 옷을 대비하여 바르셀로나 공항을 출발하여 인천 공항에 도착하였다.

22일간의 평생 소망이 이렇게 만족하게 끝낼 수 있는 것을 진심으로 감사하고 아름다운 추억으로 간직하며 축복 속에서 평생의 소원이 이루어졌다.

다행스럽게도 7년 뒤 2019년 스페인 일주 여행을 하면서 바르셀로나를 들러 그때 보지 못하고 아쉬워했던 여러 곳을 관광하고 여기에 올리며 나의 버킷리스트를 마무리하려고 한다.

가우디의 미완성 작품인 콜로니아 구엘(Colonia Guell) 성당을 보기 위해 택시를 타고 20여 분을 달려 산타 콜로마 데 세레베요(Santa Clolma de Cervelló)에 있는 콜로니아 구엘 마을(Colonia Guell Town)로 갔다.

구엘은 가우디에게 의뢰하여 1898년 구엘 가문의 납골당을 짓기 시작하였으나, 1918년 구엘이 사망하고 나서 공사는 중단되었으며, 2000년 정부가 지원하여 납골 못자리가 들어설 자리에 지하 성당을 만들어 시민들에게 공개하였다.

가우디의 건축 특색인 곡선을 이용한 건축 중에서도 현수선 아치 구조(Polyfunicular Scale model)인 뒤집힌 아치 모양의 곡선 구조로 건축된 것인데, 성 아그라다 파밀리아 성당의 기본 모델이 되는 건축이라고 한다.

출입구 포치에는 직선에서 찾아볼 수 없는 쌍곡선의 포물선 구조물 형식으로 만들어져 있으며 솔방울 모양의 창문에는 깨어진 타일 조각으로 모양을 만들고 스테인드글라스를 끼워 아름다움을 더했다고 한다.

나선형 바닥을 타고 지하로 내려
가면 원형의 예배당이 나오는데 중앙
제단은 조개로 만든 성수함이 있으
며 4개의 현무암 기둥과 야자수 나무
처럼 기울어진 모자이크 기둥과 천장
그리고 가우디 특유의 디자인으로 만
들어진 의자들이 놓여 있었다.

중앙 제단 옆으로는 거룩한 가족
제단(Altar Dedicat la Sagrada Familia)과
몬세라트의 성모 제단(Altar la Vergede
Montserrat)이 만들어져 있었다. 콜
로니아 구엘 성당의 정식 이름은 콜
로니아 구엘 교회(Cripta de LaColonia
Guell)로 표기되어 있어 '콜로니아 구
엘 납골당'으로 하는 것이 정확한 이
름일 것 같았다.

저번 크루즈 여행에서 가지 못했
던 Bar Pinotxo를 찾아갔으나 문
이 잠겨 있었다. 피노쵸 할아버지
의 이름은 화니토 바옌(Juanito Bayen)
이라는 것만 알고 추천해 주는 맛집
Quioscmodern이라는 해산물 요리
전문점으로 갔다.

모든 퀴오스크는 3대째 이어오는
음식점으로 해산물을 주로 하며 지중
해에서 갓 잡아 온 싱싱한 생선으로
올리브와 레몬즙을 곁들여 구운 새끼
오징어, 솔로 자이언트 그릴새우는
일품이었고

싱싱한 가재를 오븐에서 오렌지,
올리브, 허브를 곁들여 마늘과 버터
로 살짝 쪄 낸 가재 요리와 오징어와
신선한 채소를 스페인오일에 튀겨 낸
오징어튀김과

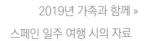

2019년 가족과 함께 »
스페인 일주 여행 시의 자료

모차렐라 치즈와 마늘 토마토소스
와 화이트와인을 넣어 진한 국물에서
건져 낸 홍합 요리와 석류 클레이즈
연어를 곁들인 생선 요리는 보는 것
은 물론 맛까지 일품이었다.

카탈루냐 음악당은 1908년에 가우디의 스승인 몬타네르(Montaner)가 완공한 카탈란 아르 누보(Catalan Art Nouveau) 양식의 건축물로 유네스코 세계문화유산으로 선정되었다고 한다.

음악을 상징하는 뮤즈의 조각과 그 위에는 기사의 갑옷을 입고 칼을 든 바르셀로나의 수호성인 성 조르디가 조각되어 있었다. 이 음악당 모든 계층과 모든 사람이 공유하는 것이라는 의미로, 어린이는 물론 농부, 어부, 일반 시민, 귀족 등 모든 계층의 사람들이 조각되어 있었다.

3층으로 구성된 콘서트홀에는 2,220명을 수용할 수 있으며 천장의 스테인드글라스의 자연 채광으로 한때는 햇빛이 있는 낮에만 공연하였다고 한다. 신비로운 무대는 18명의 뮤즈가 연주하는 조각상이 있고 가운데는 카탈루냐 문장기가 그려져 있었다.

천장은 온갖 색의 유리로 된 스테인드글라스로 장식되어 있었다. 사각형의 대형 푸른색 스테인드글라스는 하늘을 나타내며, 마치 물방울이나 꿀이 아래로 떨어지려는 순간을 포착한 것 같이 보이는 가운데의 볼록한 부분은 태양이라고 하며, 밝은 노랑과 주황색으로 되어 있어서 하늘에 태양이 있는 느낌을 받았다.

파란색 하늘에는 천사의 합창을 의미하는 40명의 여인의 머리가 그려져 있고 대형 스테인드글라스의 주위에는 카탈루냐의 상징인 장미가 새겨져 있었다. 우리는 조금은 비싸지만 로열 박스를 구매하여 제일 좋은 자리인 중 2층 자리에서 황제처럼 연주회를 관람하였다.

오늘의 공연은 1971년 독일에서 태어난 콜로라 투라 소프라노 성악가 다이아나 담라우(Diana Damrau)와 25세 때 빈 필 하모니에 수석 하프(Harp) 연주자가 된 자비에르 드 매스트(Xavierde Maistre)의 협연 연주회였다.

콜로라투라 소프라노는 소프라노 중에서도 가장 높은 음을 구사하는 음색으로, 2014년 국제 오페라 어워즈에서 최고의 성악가로 뽑힌 담라우의 구슬 같은 울림은 완숙한 음색으로 절정을 이루었고, 모차르트의 〈마술피리〉 중 '밤의 여왕'으로 전성기를 누릴 때보다 완벽했다고 한다.

연주회는 멘델스존의 〈노래의 날개 위에〉를 시작으로 협연이 계속되다가, 프란츠 리스트가 하프 솔로 연주를 위하여 작곡한 Le rossignol 250/1 연주가 시작되자 처음 듣는 하프의 다양하고 매혹적인 아름다운 소리에 깊은 감명을 받았다.

프라시스 풀랑크(Francis Poulenc, 1899~1963)가 작곡한 4월의 달(Lune d'avril)을 마지막으로 들으며 2시간 동안의 행복한 시간을 가졌다. 2019년 5월 22일 20시에 공연한 이 티켓은 출발하기 전에 한국에서 인터넷으로 구매하여 관람한 것이었다.

람브라스 거리 근처에 있는 구엘

저택(Palau de Guell)은 1890년 가우디가 평생 후원을 받았던 구엘 가문을 위하여 최초로 가우디가 건축한 걸작품이라고 한다.

구엘은 귀족 가문으로 정치가, 예술가, 법률가, 사업가 등을 배출한 가문으로, 가우디의 건축을 사랑하여 가우디의 평생 후원자가 되었으며, 그의 첫 작품으로 저택을 만들도록 하였다고 한다.

가우디는 아버지가 보일러 제조업을 하였기 때문에 철과 놋쇠에 대한 지식이 풍부하여 입구 게이트를 만들 때 장인 Joan Oñós와 Badia Miarnau가 함께 건설을 도왔다고 한다.

1층에는 두 개의 철제문이 아름답게 조각되어 있는데, 하나는 사람들의 출입문이고 하나는 우마차가 내려가는 통로라고 한다.

지층에는 말이 끄는 쿠페가 당시에는 자가용을 대신하고 있었기 때문에 지금의 차고지와 같이 말과 구페를 보관하는 장소와 창고로 활용하였다고 한다.

1층 로비에는 집사의 방이 있고 집사가 대기하고 있다가 손님을 맞았다고 한다. 이 층은 사무실 공간으로 관리와 보관실, 도서실이 있었고

메인 층에는 중앙 홀과 탈의실, 중앙 라운지, 음악실, 워크숍, 식당, 테라스 등이 있었다. 천장의 목제 조각품들은 하나의 예술품으로 장식되어 있었다. 메인 층과 침실 층 사이에 자리한 공간은 콘서트를 할 때 음악가가 서 있는 중앙 홀의 열린 공간이라고 한다.

견고한 목제 조각품들이 하나의 작품으로 배열된 것 같은 인상을 받았다. 또한, 무어족들이 즐겨 사용했던 무늬 형태로 만들어져 있었다.

트러스트 룸은 가족만 사용하는 가족 거실로 사용되며 개인 침실로 가도록 되어 있었다. 1856년생이며, 카탈루냐의 예술가이며, 디자이너인 알렉산드르 드 리커(Alexandre de Riquer)가 설계한 헝가리 여왕 세인트 엘리자베스(St. Elizabeth)를 묘사한 패널이 있는 벽난로가 있었다.

　구엘 가족의 식당은 중앙 테이블
과 12개의 의자와 Camil Oliveras가
디자인한 호두나무 벽난로와 나무 트
리머가 있었고, 거실의 가구들도 이
슬람의 영상이 깃드는 명품으로 조각
되어 있었다.

　구엘 궁전의 옥상은 미술적인 공
간으로 가우디의 특유한 전통적인 굴
뚝이 조각되어 있었다. 원래 아버지
에게 물려받은 구엘 저택의 토지는
가로 18m 세로 22m인데 서북쪽에
6×22(m)의 베란다 부분이 추가되어
있었다.

　옥상에는 20개의 굴뚝 탑이 조각
되어 있는데 깨진 타일로 만든 예술
적인 형태로 조각품들이 만들어져 있
었다. 20m의 굴뚝과 크고 작은 형태
의 벽난로 굴뚝은 깨진 타일과 폐석
으로 만들어져 있었다.

굴뚝의 장식 부분에 도자기를 사용하고 세라믹 사각형도 사용하고 있는데, 가우디가 개발한 "트랜카디스(Trencadis)"는 유리, 대리석, 타일 등 깨진 재료들을 한데 모아 깨부숴서 새로운 형태의 조각품을 만드는 기법이라고 한다.

이것으로《평생 소망을 이루다》크루즈 여행편의 대단원의 막을 내린다.

에필로그

2년간의 준비 기간을 거쳐 이루어진 이번 《평생 소망을 이루다》에 등장하는 크루즈 여행은 주위 사람들이 모두 걱정스러워했고 나 자신도 두려움을 가지고 출발했다. 그러나 걱정과는 달리 조금은 시행착오를 했지만 용기와 의욕으로 무사히 극복하고 보니 더욱 소중한 추억으로 남았다. 동승한 서양인들은 우리보다 연령이 많은데도 이 크루즈 여행을 나름대로 즐기는 것을 보고 우린 아직 젊다는 느낌을 받았으며 건강 관리도 우리가 부러울 정도였다.

우린 아직 젊다.

이번 여행에 금전적인 문제뿐 아니라 나 홀로 여행의 오지 탐험처럼 많은 시련을 극복하였다는 현실감에 만족을 느꼈다. 돈과 시간과 두려움에 둘러싸여서 용기를 잃지 말고 과감하게 계획을 세워 추진한다면 누구나 꼭 이룰 수 있을 것이며 자신의 삶에 대한 애착과 보람이 재발견될 것이 확실하므로 한 번쯤 도전해서 실천해 보도록 권하고 싶다.

1,300여 장의 현장 사진과 관광지의 포스트 카드와 관광 안내 책자를 참고하고 인터넷을 뒤져 관련 사항을 발췌하여 이 대기록에 참고하였음을 고지한다.

이번 여행 중 느꼈던 것들 참고
① 크루즈 여행은 침실을 업그레이드한다.
② 기항지 투어는 충분히 검토하여 선택하되 여유로운 시간으로 선택한다.
③ 투어를 돌 때는 300불 이하의 현금만 지참한다.
④ 여권과 귀중품은 항상 Safety Box에 보관한다.

⑤ 철저한 사전 조사를 통해 지식이 가득한 관광을 하도록 노력한다.

⑥ 많은 양의 사진 기록을 남긴다.

⑦ 많은 탐방보다는 지식 또는 이야깃거리가 있는 여행이 되도록 노력한
다.

⑧ 공공장소에서의 외국인의 관심에 대응하지 않는다.

⑨ 관광지의 우편엽서나 현지 관광 안내 책자를 구입한다.

⑩ 현지 전통 음식의 체험 관광을 즐긴다.

⑪ 출국 시 여행자 보험은 필수적으로 가입한다.

《 바르셀로나 여행 시 소매치기를 당
하여 경찰에 신고하여 받은 도난 신
고서

평생 소망을 이루다

1판 1쇄 발행 2022년 5월 19일

저자 권준부

교정 윤혜원 **편집** 문서아
마케팅 박가영 **총괄** 신선미

펴낸곳 하움출판사 **펴낸이** 문현광

이메일 haum1000@naver.com **홈페이지** haum.kr
블로그 blog.naver.com/haum1000 · **인스타그램** @haum1007

ISBN 979-11-6440-975-4(03810)